文春文庫

赤川次郎クラシックス

幽霊列車

赤川次郎

文藝春秋

幽霊列車　目次

幽霊列車

幽霊列車

1

岩湯谷駅駅長・大谷徹三《おおたにてつぞう》の証言。

「——八人。そりゃ間違いありません。あの朝の一番列車にはあの八人の他にお客はありませんでした。発車は六時十五分で、あのお客さん方は十分前ぐらいに駅にみえましたな。——はあ、私が自分でハサミを入れました。駅員は他におりませんので……。ええ、みなさん、そのまま列車に乗り込まれました。もう列車は、いつでも出られるようになっとりましたからな。——いいえ、いったん乗ってから降りて来た人はありません。改札口からは列車もホームも全部見渡せますので、それは確かです。——列車の向う側に降りたんじゃないかって？　それにしたって列車が行っちまえば、いやでも目に入りますしなあ。それに、乗ったお客さん方が席に着いてるのが、ちゃんと見えとったんですから。——ええ、列車は定刻通りに発車しました。六時十五分、ぴったりにです。——時計ですか？　六時のラジオの時報で合ってるのを確かめたばかりでしたよ……」

車掌・森信雄《もりのぶお》の証言。

「——はい、確かにお客さんは八人でした。私は発車までホームをぶらついてましたから、お客さんがずっと車内におられた事ははっきり申し上げられます。——列車は定刻通りに発車して、定刻通り六時二十五分に次の大湯谷駅へ着きました。途中、私は車掌室を出ませんでした。——ええ、それはいつもの通りです。走ってる間に、異常な事には全く気づきませんでした。——いいえ、列車は一度も停りませんでした。次の大湯谷駅に着くまでは、鉄橋とカーブで少しスピードをゆるめた以外は、いつものスピードでした。——ええ、もちろん車掌室の窓から表は見えますが、特に気をつけてはいませんでした……」

機関士・関谷一《せきやはじめ》の証言。

「——ええ、俺もお客さんたちが乗るのは、ちらっと見ましたよ。運転台の窓から首を出してね。人数は数えなかったけど。——ええ、六時十五分に列車を出しましたよ。後はいつも通りの手順で……。もちろん列車を停めたりはしませんよ。——そうだな、あの機関車はそんなに速くはないですよ。でもいつも四十キロは出してますからね。カーブでも。——いやあ、四十キロってたいした事ないみたいだけど、飛びおりてごらんなさいよ、一度。軽いけがですみゃ運が強い方ですぜ。俺なんか一度二十キロぐらいで走ってる貨車から飛び降りて足をくじいた事がありますからね。——ええ、運転してて、いつもと違うような事はまるでなかったなあ……」

大湯谷駅駅長・田口良介《たぐちりようすけ》の証言。

「——あの朝、うちの駅から乗る客は一人もなかったです。で、わし一人でホームに立って一番列車が来るのを待っておりました。列車は時間通りに着きました。見ると客車の窓に人が見えないんで、車掌の森君に『今日は空《から》だね』と声をかけますと、『いや、乗ってますよ』って返事です。『乗っちゃいないよ、一人も』と言うと、『そんなはずはありません』と森君がホームへ降りて来ました。で、わしが客車を指して『空じゃないか』と言ってやると、『おかしいな』と森君が首をひねります。それで二人して客車へ入ってみました。——ええ、人のいたあとはありました。荷物は網棚に載っかってるし、新聞がたたんで座席に置いてあるし、ふたを開けた、かんビールが窓ぎわに置いてありました。でも肝心のお客さんの姿が一人も見当りません。森君と二人で途方にくれてると、機関士の関谷君もやって来ました。で、三人で列車をくまなく捜《さが》しましたが、お客さんは一人もいない。わしは森君に思い違いじゃないか、お客さんは何か急用で、発車間際に降りたんじゃないか、と言ったんですが、森君は絶対にそんなはずはない、と言い張るんです。で、まあともかく何か事故があったに違いないってんで、警察へお知らせした訳で。——ええ、全く見当もつきません、何があったのか。お客さん八人がみんな消えちまうなんて……」

2

「休暇をください」という、たったひと言が、実に言い辛《づら》い上司というのがいるものである。本間《ほんま》警視などその最たる見本で、何しろ自分自身は全く休暇も取らず、休日出勤、とんぼ返りの出張も平気でやってのけるのだから、その部下になった者は不運と諦めねばならない。本間警視の下にもう十年もいる私にしてからが、その朝も警視のデスクの前に立って、

「あの……」

と言ったきり、続く言葉が喉にはりついて出て来ない有様なのだ。

「うむ？　宇野《うの》君か。どうしたね？」

「はあ、その――」

「ちょうどよかった。君に話があるんだ。まあ、かけたまえ」

こいつはいかんな、と古ぼけた椅子に腰を下ろしながら心の中で舌打ちした。何か新しい事件を押しつける気だ。「何が休暇だ、寝言なぞ言っとるときか！」と一喝《いっかつ》されるのがおちだろう。ここはやっぱり、ずばりと言い出すべきだった。

「わしの用は――」

と言いかけて、本間警視は、陽焼けした顔をごつい手で撫《な》でると、「いや、君の方の

話を先に聞こう」

　これぞチャンス、と私は大きく息を吸い込むと、

「実は三日間ほど休暇をいただきたいんです」

　一気に言って、ふうっと余った息を吐き出す。——俺にしちゃ上出来だな、全く。

　本間警視はちょっとの間、珍しいものでも眺めるような目つきで私を見ていたと思うと、驚いた事に、にやりと笑った。

「いやあ、偶然だね」

と警視は大げさに手を振り回して「実はわしも君に休暇を取ってはどうか、と言おうと思っとったんだ」

　七つの時、可愛がっていた子猫を車にはねられて以来、無神論者だった私が、この時だけは神でも仏でも信じてやろうという気持になったのだった。だが——

「三日なぞと言わずに十日くらいどうかね。君も大きなヤマが続いて疲れとるだろう」

　ここに至って私は少々不安になって来た。これは要するに辞職勧告、お前クビだ、ということではないのか？

「いえ……。それほどまでにしていただかなくても……」

　私はおずおずと言った。

「そう言わずに、温泉にでも行って命の洗濯をして来いよ。いい温泉を知っとるんだ。

山の中で、静かで人間も素朴《そぼく》だ。肩こりのほぐれる事、請《う》け合いだぞ」

とタバコの煙を吐き出すと、「岩湯谷温泉、というんだがね」

私は、ゆっくり椅子にそっくり返った。そして警視と神と、神を信じかけた自分を呪《のろ》った。そういう事だったのか。

「私に何をさせようってんです？」

「ま、そうむくれるな。例の無人列車事件、マスコミは〈幽霊列車〉なんぞと呼んどるが、君もまんざら興味がない事もあるまい」

「あれだけ騒がれれば当り前ですよ。でもあれは警視庁の管轄では……」

「わかっとる、むろん承知さ。――実はな、あそこの署長はわしの幼なじみでな、一緒に近所の庭の柿を盗んだ仲なんだ。少々単細胞ながら真面目ないい奴でな。そいつからわしの所へＳＯＳが来た」

「県警は？」

「できれば県警の手は借りたくないらしい。その辺の気持は君も分るだろう」

「はあ。ですが……」

「それで君には私人として温泉の湯治客《とうじ》になってもらおうって訳だ。警視庁として乗り出すことはできんからね。……どうだね？　ぜひ引き受けてくれんか。わしを助けると思って」

私は大きく息を吸い込んで——がばっと立ち上がると、

「とんでもない。私を何だと思ってるんです？　あなたの秘書じゃありませんよ。幼なじみだか、柿泥棒だか知りませんが——もう時効になってるんでしょうな——、何でそんな田舎の警察のために私が働かなきゃならんのです？　十日間の休暇ですって？　そんな十日間なら、好きに使える三日間の方がずっとましです。私は大体田舎は嫌いなんです。新宿あたりでもぶらついてた方がよほど気が休まる。いいですか、絶対にそんな話はお断りですよ。ごめんです！　断じてごめんこうむります！」

と、これは心の中でぶった大演説。実際の所は、大きく息を吸い込んで、ため息をつくと、

「そこの署長は？」

「武藤浩平《むとうこうへい》。君の事は連絡しとくよ。いや、すまんな。明日にも早速発《た》ってくれ。細かい事は後でメモにして渡す」

ちっともすまなそうでない口調で言うと、本間警視は早くも別のファイルに目を通し始めた。

私は、のろのろと椅子から立ち上がって、自分のデスクへ戻ろうとしたが、ふと大切な事を聞き洩らしたのに気づいて、

「あの……」

「何だ？」

「旅費と宿泊費は出していただけるんでしょうか？」

「ああ出すとも。なに、別のヤマにくっつけてごまかすさ」

「ありがとうございます」

言ってから、どうして俺が礼を言わなきゃならないんだ、と思った。その日は一日中、やたらに腹が立っていた。

私の名は宇野喬一《きょういち》。警視庁捜査一課の警部になって四年たつ。もう数カ月で四十に手の届こうという所。三年前に家内を交通事故で失ってから、子供もいないので、六畳一間の官舎に移って一人暮しの毎日が続いている。

自分自身について、語るべき事はあまりない。中学校の時、通知表の素行《そこう》欄に「おとなしくて目立たない」と書いたのは地理のカメレオン——亀田《かめだ》先生だったが、その評言は今も通用していると言っていいだろう。その証拠に、事件の現場へ駆けつけて調べまわっていると、よく若い刑事が「あ、警部、いらしてたんですか。おみえになったの、気が付きませんでしたよ」と言ってくれるのだ。中肉中背、いささか目つきが悪い他は際立って目立つ所もない風采《ふうさい》は、刑事稼業には向いていると言っていいかもしれない。だが、それはあくまで風采だけの話だ。

刑事には天賦《てんぷ》の才能など無用である、とは本間警視の口癖だが、少なくとも歩く才能と、膨大な資料に、何日もかかって隅から隅まで目を通す忍耐力だけは必要である。私はその点、いささか同僚への劣等感に悩まされるのを禁じえないのだが……。

それはともかく、その同僚たちの何も知らぬ羨望《せんぼう》の眼差しに送られて、私の十日間の「休暇」は始まったのである。

3

落武者《おちむしや》のなれの果て、という感じの鈍行列車の固い座席では寝もやらず、読み飽きた週刊誌を機械的にめくること三時間、「次は大湯谷——大湯谷です」というアナウンスにほっと息をついたのは、もうかれこれ夕方の四時に近かった。

私の降りるのはこの次の岩湯谷駅で、この線の終点である。例の〈無人列車〉別名〈幽霊列車〉は、岩湯谷を出発してこの大湯谷で乗客が消えているのを発見されたわけで、今、私はその線を逆に辿《たど》っている事になる。

大湯谷駅は、何の変哲もない田舎駅で、ただホームがあって改札口がある、というだけのもの。一応駅舎らしい建物もあるが、小屋といった方が似つかわしい。ホームに立っている赤ら顔のずんぐりしたのが田口良介駅長だろう。後で話をする必要があるかもしれない。私はその赤ら顔を頭に入れた。

私の乗った車両の三分の一ばかりを埋めていた団体客はここで降りてしまって、後には私と若い娘が一人残った。列車が終点岩湯谷駅へ向かって動き出すと、私は窓に身を寄せて、外の様子を注視した。

〈現代の神かくしか？〉〈幽霊列車の謎〉〈乗客たちは四次元の世界へ？〉――この二週間というもの、新聞、週刊誌の紙面を飾った名文句は数十を下るまい。走っている列車から八人の乗客が忽然《こつぜん》と姿を消したというニュースは、電光のように日本中を駆け巡《めぐ》った。様々な推理、臆測が流れ、いくつかの小説誌では早くも「小説・幽霊列車」といった類《たぐい》の連載が始まっていた。怪しげな宗教団体が便乗布教を銀座の真中《まんなか》でやらかしたり、乗客たちを誘拐した宇宙人の代理だと称する男が身代金を要求してきたりする珍事もあった。

だが周囲の派手な動きとは裏腹に、捜査は一向に進展しなかった。消えた八人の乗客の身元についても、全く不審な所はなく、ごく当り前の商店主たちだったし、両駅長、車掌、機関士の証言にも疑うべき点は見当らなかったのである。一体八人の乗客は、どこへ、どのようにして消えたのか？

大湯谷駅を出て、列車は数十メートルと行かないうちに深い山間へ入って行った。両側は切り立った崖で、低い所でも二十メートル、高い所は三十五、六メートルはあろう。両岩だらけならば、まだよじ登る事もできようが、滑りやすい粘土質の、のっぺりとした屛風《びょうぶ》のような崖である。これでは、たとえ巧《うま》く走行中の列車から飛び降りたとしても、山に入って姿をくらますという訳にはいかない。

それでも何か見落としている点はないか、と、私は左右の車窓に交互に目をやりながら、確かめて行った。

そのうち、私は、外の様子に興味を持っているのが自分だけではないのに気づいた。もう一人車両に残った若い娘が、目立たぬようにしている私とは逆に、しきりに左右の席を行きつ戻りつしながら、これはまた大げさに窓から身を乗り出して崖を振り仰いでは、何やらしきりに肯《うなず》いているのだ。どうやら事件の謎にとりつかれてやって来たらしい。学生か――雑誌記者かもしれない。用心用心。こちらが警視庁の人間だと知れば、食いついて来て離れないだろう。

娘は二十二、三歳という所か、小柄だが、スポーティな印象の娘である。サファリジャケットにジーパンという当世風のスタイル、長い髪を後ろで無造作《むぞうさ》に束ねている。色白の、なかなか愛らしい顔立ちだった。私は、左右の窓を時計の振子よろしく忙《いそが》しく往復するその娘を見ていて、「不思議の国のアリス」の「遅れっちまった、遅れっちまった」と走り回るウサギを連想した。

列車は小さな鉄橋を通った。ここだけは崖が切れているのだろう、と期待していたが、あにはからんや、鉄橋の下は山をくりぬいた人工の水路で、右手の崖から左手へ、トンネルからトンネルへと豊かな水がかなりの勢いで流れているのだ。これではとうてい飛び込むなど及びもつかない。そしてまた、屏風はのっぺりと飽かず続くのである。

——これは容易な事件じゃないぞ。列車の両側がようやく開けたとき、私は思わず嘆息した。右手はなだらかな斜面が数軒の農家へ続き、左は、山ではあるが、茂みに覆《おお》われたゆるい登りで、むろんどちらへも歩いて登り降りできる。だが、そこから岩湯谷駅まで直線でわずか五十メートル余。駅のホームから一目で見渡せる場所なのである。ここで列車から飛び降りたとしたら、岩湯谷の駅長の目に触れないはずはない。

列車が停ってから、ゆっくり荷物を網棚から降ろす。同乗のウサギ娘は東京の国電よろしく、停車するなり、ひょいとホームへ飛び出して行った。

まだ時間はそう遅くないのに、山間の黄昏《たそがれ》は早く、空気は既に冷たく頬《ほお》を刺す。他の車両にもほんの四、五人の客しか残っていなかったようで、大湯谷に比べ、この岩湯谷はややさびれた印象が拭《ぬぐ》えない。

改札口を最後に出ようとして、私は白髪の駅員——いや駅長に声をかけられた。

「失礼ですが……」

「何か?」

「東京から来られた警視庁の方じゃ?」

「は……」

いささかびっくりして、「まあ……確かに、警視庁の者ですが、どうしてそれを？」

「やっぱり」

好人物らしい駅長は、ほっとした笑顔になって「署長の武藤さんから聞いとりましたんで。私、駅長の大谷徹三でございます」

「……よろしく」

「あそこに見える鉄筋の白い建物が〈ゆけむり荘〉です。何なら荷物をお持ちしましょうか？　どうせ用事もありませんから」

いやいや、大したことはありませんから、と断って、ゆけむり荘へ歩き出す。しかし参ったな。私人の資格で、だって？　小さな田舎町のことだ、この調子では町中がもう私の来るのを知っているかもしれない。何ともしんどい話だ。

木造の古びた旅館が立ち並ぶ中で、ゆけむり荘はただ一つ、鉄筋コンクリート三階建のホテル風の旅館であった。温泉という雰囲気にはそぐわないかもしれないが、団体客を受け入れるには仕方のないことなのだろう。

どこからともなく湯の香がしめっぽく漂い、道端の下水溝からも湯気が立って、温泉町の風情《ふぜい》である。

ゆけむり荘へ入ると、傍の帳場――いやカウンターから、番頭風の小柄な中年男が急いで出て来て、主人の児島公平《こじまこうへい》でございますと名乗り、

「東京の宇野様で？　お待ちしておりました、どうぞどうぞ」

と主人自らの案内で、二階の部屋へ通される。

「いい部屋ですね」

と私はバルコニーから、暮れゆく山並を眺めて言った。

「しかし児島さん、私はあくまで個人としてここへ来ているんです。私の身分をやたら明かしてくれては困りますよ」

「はい、それはもう、充分にわきまえております」

「なら結構ですが……。明日にでもあなたからもお話を伺《うかが》うことになると思います」

「はあ、お役に立てれば何なりと」

消えた八人の乗客は、このゆけむり荘の客だったのである。

「ではどうぞごゆっくり」

「あ、児島さん」

「は？」

「今、客は混んでますか？」

「ここ三、四日はやっと落ち着いてまいりました。何せ一時はお客様で溢れんばかりになりまして」

「事件のせいで客足は落ちなかったんですね」

「落ちるどころか、新聞、雑誌関係の方が我さきに駆けつけてこられまして……」

「大分もうかりましたか?」

「いえいえ」

と笑って「人手の確保に骨を折りまして。それほどの実入《みい》りでは……」

主人が行ってしまうと、私はコートを脱いでハンガーにかけながら、あれは中々油断できない相手だな、と思った。愛想よく外見を作るのに慣れている人間は、内心何を考えているか分らない。怪しい、というのではないが、言葉を額面通り受け取れる相手ではない——そんな刑事《デカ》の直感があった。


せっかく温泉に来たんだから、と、タオルを肩に、女中に聞いた通り、地階の大浴場へ階段を降りて行った。薄暗い廊下に湯気が霧《きり》の様に立ちこめている。その時、私は向こうから来た若い男と危《あや》うくぶつかりそうになった。「おっと失礼」

「あ、どうも……。あれ!」

とその男は私の顔を見るなり、「宇野警部じゃありませんか!」

まずい所でまずい男に会ったものだ。東京の週刊誌記者、山岡《やまおか》である。

「珍しいとこで会ったね」

「宇野さんがね。……いよいよ警視庁が謎の解明に乗り出したって訳ですか」

「おい、気を回すなよ、俺は休暇で来てるんだぞ」

「休暇ですって？　そうでしょうとも。いやあ、よかったな。いえね、あんまり何も起こらないんで、明日は東京へ帰るつもりだったんです。いや、ツイてるなあ。離しませんよ、宇野さん、何て言われたってね」

そう言うなり、小走りに行ってしまった。やれやれ、こうなったら、とことんついて来るだろう。厄介者《やっかいもの》をしょい込んだな。さぞかし今頃は、本社へ電話を入れて、警視庁、ついに乗り出す、とか何とかニュースを送っている事だろう。警視庁の名を出させないためには、ある程度、ネタを提供する約束でもしておかねばなるまい。

あれこれ考えながら、目の前の風呂場の戸を開けて、脱衣所へ入った。すると、向かいのガラス戸が開いて、若い娘が出て来た。――若い娘が？

一瞬、ごく当り前の様に、私とその娘は顔を見合わせて立っていた。しかしそれが長く続くはずはなかった。なぜなら娘は風呂から上がった所で、従って当然のこと、タオル一枚を手にしただけの裸だったからで、次の瞬間、娘はタオルと手で胸と――いや、ともかく悲鳴を上げたので、私は脱衣所を飛び出したのである。

どうなってるんだ！　見上げると、そこには「家族風呂」の札があった。大きな風呂はさらに奥なのだ。私は娘の悲鳴に追いまくられるように奥へ駆け出した。――走りながら、気がついた。今の娘、あれは不思議の国の白ウサギじゃないか……。

4

いつもの習慣で、六時に目を覚ました。カーテンを開けると、朝日を受けた山の緑が思いがけない鮮やかさで、目を奪った。十月も末で、山の高みは早くもいくらか黄色くなりかかっているというのに、眼前の緑は六月の新緑のそれと見まごうほどだった。

駅へ行ってみようか。——顔を洗ってから、ふと思いついた。六時五分だ。急げば六時十五分の始発列車が出るのを見られるだろう。例の幽霊列車と同じ列車だ。何か手掛りでもあるかもしれない。急いで支度をして部屋を飛び出す。

冷たい、冴《さ》え冴《ざ》えとした空気に、頭に淀《よど》んでいた眠気をいっぺんに吹っ飛ばされて、駅へ急ぐ。吐く息が白くなった。

改札口にいた白髪の大谷駅長が私を認めて笑顔になった。

「お乗りになるんですか、警部さん」

「いえ、発車の様子を見たいだけです」

「そうですか、今日はお客さんなしで……。久しぶりですよ。あれ以来、話の種になって、この一番列車に乗る人が大勢いましてね」

そこへ、がっしりした体つきの、見るからに実直そうな車掌がやって来た。

「ああ、ちょうどよかった」

と大谷駅長、「車掌の森君です。森君、東京から来られた宇野警部さんだよ」

「お早うございます。あの件の捜査にいらしたんですか？」

「いや表向きは休暇旅行なので、他の人には黙っておいていただきたいんですが」

「承知しました。絶対に口外しませんよ」

この男が約束すれば間違いあるまい、と思わせる口調だった。私はホームへ入って、発車間近の列車を眺めた。電化されているとはいえ、電気機関車は一昔前のしろものだし、三両連結の客車も見すぼらしいのを通り越して、哀れを催させるばかり。それに車掌室と荷物の車両が一両最後につけてあった。私は傍の森車掌へ、

「例の乗客たちはどの車両に？」

「三両目です。客車の一番後ろのやつですね」

「車両は全部、行き来できるんですか？」

「できます。最後の車掌室のある車両もです。もちろん機関車はできませんが」

「分りました。……乗客はどの乗車口から乗ったのか、憶えていますか？」

「ええ、後ろの口からでした」

「つまり車掌のあなたに一番近い口ですね」

「そうです。まあ、改札口から一番手近ですしね、あそこが」

「なるほど。確かに」

私は腕時計を見て、「もう発車時間ですね？」

「はあ」

と森車掌は自分の懐中時計を見て、

「あと一分ばかりです」

「すみませんが、よかったら、客車に乗って坐ってみてもらえませんか」

「私が、ですか？　構いませんよ」

森車掌は快《こころよ》く引き受けると、三両目の客車の後ろの乗降口から乗って、窓ぎわの席に坐ってみせた。

「これでいいですか？」

「すみませんが、反対側の窓際の方に坐ってみてください」

森車掌は向う側の窓側の席、つまりホームから一番遠い席へ移った。それでもその姿は、ホームに立っている私からはっきりと見えた。これでは森車掌の目を盗んで列車の向う側へ降りるなどとても不可能だ。私は森車掌に礼を言って、列車が定刻通り発車するのを見送った。

列車が去ってしまうと、何か急に寒々とした感じになった。――終点、といっても、車庫や操車場があるわけではない。この岩湯谷駅から、四つめの駅までは単線であり、その先からやっと複線化していて、車庫はその分岐駅にある。

一本だけの線路は、少し先で列車止めに阻《はば》まれて短い生命（？）を終っている。一つだけ支線があるが、すっかり錆《さ》び切って、古い貨車と手こぎの台車が一台ずつ、野ざらしになっていた。

「あの支線はどこへ通じてるんですか？」

私はホームの掃除を始めた大谷駅長に訊《き》いた。

「どこにも」

というのが返事だった。「昔は少し先に採石場がありましてな、貨車が往復していたんですが、とっくに廃坑になって、線路も外されちまって——ほら、手でこぐ台車が見えるでしょう、あの辺までしか線路は残っとらんです」

「なるほど、採石場というと、ずいぶん大きなものだったんですか？」

「一時はかなり大規模にやっとりましたがな、何といっても元来ここは温泉町で、採石になかなか人手も集まらなかったし……」

「今じゃこの町は温泉ひと筋ですか？」

「はあ。しかし最近は……」

「思わしくないんですか？」

「大湯谷に客を取られましてね。温泉としちゃ、この岩湯谷の方がずっと立派だし、何たって歴史も古いんです。大湯谷は前は吉高村といって、温泉旅館なぞ一軒もなかったんですよ。それが東京のホテル業者があの辺の土地を買い占めて温泉町に仕立て上げちまったんです。名前もこっちと紛《まぎ》らわしく〈大湯谷〉と変えましてね」

「迷惑な話ですね」

「全く。……向こうはともかく資本が大きいですからな、宣伝の力で段々客を集めるようになりました。今じゃすっかり大湯谷が本場と客が思うようになっちまいましたよ」

大谷駅長の表情は深刻そのものだった。

「ここの人は大湯谷の人を快くは思っていないでしょうね」

「ええ。……私もここで生れた人間ですから、やはり町は可愛いです。大湯谷の連中とは付合う気がしませんなあ。旅館業者の集りなんかでも、ここの主人たちとあっちの主人たちとはろくすっぽ口もきかないそうですよ」

私は肯いた。大湯谷と岩湯谷住民の反目、か。心に留めておいた方が良さそうだ。

駅長に礼を言って帰ろうとした時、背後で妙な音がした。ドアがきしるような音である。振り向いてみたが、しばらくは何の音か分らなかった。

「あそこです」

駅長が妙に緊張した声で指さしたのは、あの支線に放置された貨車だった。扉が中から少しずつ開けられているのだ！

「誰かあそこに？」

私は鋭く訊いた。

「いえ、誰も……」

消えた八人があの中に？――まさか、調べてあるはずだ、とは思ったが、一瞬そんな気がして背筋をちょっと冷たいものが走った。

ホームから飛び降りて貨車へ駆け寄ると開けられた扉から中を覗《のぞ》いて、

「おい！　そこにいるのは誰だ？」

中の暗がりから出て来た顔は、しばらく私を見つめてから、からかう様に、

「なんだ、あなたなの。覗き趣味はお風呂だけじゃないのね」

「ゆうべの事は済まなかった。考え事をしてて、つい気がつかなくて……」

「あらそう。それにしても、気がつくまでにずいぶん時間がかかったみたい」

娘は皮肉たっぷりに言った。

駅からゆけむり荘へ戻りながら、私は何だか訳《わけ》の分らないイライラに取りつかれていた。この娘の小生意気な態度のせいでもあったが、それだけでもない。

「それにしても」

私は突っけんどんに言った。「君はあんな貨車の中で、何をしてたんだ」

「あなたのものの訊き方って不愉快だわ。警察か何かみたい」

私はぐっとつまった。

「それにあなたこそ、朝っぱらから何しに駅へ来てたの？　人に訊くなら、まず自分の方の説明を先にしてよ」

こん畜生《ちくしょう》め！　近来になく腹が立って、一つひっぱたいてやろうか、と本気で考えたが、どうもそんな事ができそうにもない、と自分でも分っていたので思い止まった。

「宇野さん！」

声に顔を上げると、記者の山岡がゆけむり荘の方から歩いて来る所だった。

「どうかしたのかい？」

「どうかしたじゃありませんよ。宇野さんの姿が見えないから、こいつはてっきり僕から逃げ出したんだと思って捜し回ってたんですよ」

「ゆうべちゃんと話したじゃないか。君の方が約束を守ってくれれば、俺は約束を破ったりはしないぞ」

「はいはい、信じてますよ」

山岡は隣の娘を見て不思議そうに、「お連れさんですか？」

「とんでもない！」

と私が言うのと同時に、娘は「ええ」と言った。

「これはこれは……」

山岡がにやにやしながら、「微妙なご関係のようで」

「おい、よせ、変に気を回すなよ」

「いいじゃないですか。警視庁の鬼警部だって人の子ですからね」

「おい！」

私は慌ててにらみつけた。

ははーん、といった顔で、娘は私を眺めていた。私は苦々しい思いと、晴れがましい思いで、何とも複雑な心境であった。ともかく分ってしまっては仕方がない。

「山岡君、何か見つけたら、まず君に知らしてやるさ。だから余り俺をつけ回さないでくれ。他の記者連中まで騒ぎだすじゃないか」

「頼りにしてますよ。じゃまた」

山岡が行ってしまうと、私と娘は何となく黙って立っていた。

「――君は、雑誌記者か何かなのかい？」

「私？　いいえ、学生よ」

「いくつだい？」

「二十一」

「名前は？」

「永井《ながい》夕子《ゆうこ》」

「貨車で何してた?」

「ハンカチ貸してくれる?」

「え?」

「ハンカチ」

「ああ……」

私たちはまたゆけむり荘へ向けて歩き出した。

「油で汚れちゃった……」

私のハンカチで手を拭くと、「借りてていい?」

「やるよ」

「今夜お風呂で洗って返すわ」

とジーパンのポケットへねじ込む。

私の脳裏に、ちらっと昨夜の彼女の白い裸身が、フラッシュのように瞬《またた》いた。——馬鹿! 何を考えてるんだ。

「まだ質問に答えてないよ」

「朝ご飯の後でいいでしょ。訊問ってわけでもないようだし」

「ああ。……まあね」

「部屋は?」

「二〇七」

「後で伺うわ」

ちょうどゆけむり荘へ着いた。娘——永井夕子は身軽に階段を駆け上がって行ってしまった。

部屋へ戻ると、朝食の膳が出ていた。例によって、卵に海苔《のり》、蒲鉾《かまぼこ》といった、旅館的朝食だが——それにしても、ゆうべはひどかった。何しろ……

「お邪魔します」

入って来たのは何と永井夕子である。自分のお膳まで運んで来たのには唖然《あぜん》とした。

「ご一緒していいでしょ」

と私と差し向いに坐ると、さっさと食べ始める。——何だ、この娘は？

「食べないの？」

「いや……食べるよ」

こちらがやっと食べ始めると、彼女の方はもう食べ終っている。

「足らないだろ、これ位じゃ」

「そうね。でも太らなくっていいけど」

と言って、にやりとする。「でもここの食事って変ってるのね。そう思わなかった？」

「ゆうべのだろ。全くびっくりしたよ」

いや全く、昨日の夕食ときたら、何とトンカツにエビフライなのである！

「こんな山の中の旅館だから、山菜料理とか、色々変ったものが出ると思ってたのに」

「人手が足りないんだろう」

と私は訳知り顔で、「この町は一つ手前の大湯谷に客を取られて不景気らしいからね」

「私、都会っ子だから、ほんとは食べなれたものでほっとしたんだけど」

「僕もそうだな。あまり旅行して歩く趣味はないんだ。まあ職業柄いろいろ……あ、そうだった。君は僕の質問に答えに来たんだろ」

「ええ、そうよ。でも別に答えるほどの事はないの。あなたと同じで、今度の事件のこと、調べてみたかっただけ」

「で、名探偵さんには、何かつかめたのかね？」

「少し分ってるような気がするんだけど……。確信がないの」

本物の探偵よろしく、眉をひそめて首を振ってみせる仕草が何とも可愛く、おかしくて、思わず私は微笑《ほほえ》んだ。

「ね、宇野さん……だったわね？　刑事？」

「警部」

「あら、偉いのね、見かけによらず」

一言余計だ。

「で、おいくつ？」

「僕かい？　四……いや三十……七」

と少々サバを読んでおく。

「あらそう。じゃ、やっぱり無理ね」

「何が？」

「夫婦じゃ通らないわね。私、あなたの姪《めい》ってことにするわ」

「何だって？」

「それなら一緒にいたっておかしくないでしょ」

「どうして一緒にいるんだ？」

「調べるんじゃないの、この事件を」

と、さも当然という口ぶり。

「素人《しろうと》の助けはいらないよ」

「あなただって公の立場で来てる訳じゃないんでしょ？　だったら私みたいな連れのあった方がいいカムフラージュになってよ」

「しかし――」

「もしどうしてもだめだって言ったら、ゆうべ私のお風呂を覗いた事、警視庁へ投書するわよ」

こんな厚かましい女の子は初めてだ。といっても、彼女にはどこか憎めない所があって、そのわがままも、天衣無縫《てんいむほう》、怒るより笑い出してしまう類のものだった。……

かくして十分後には、私は永井夕子とともに、岩湯谷警察の古ぼけた建物へ入って行った。

5

「いや、よく来て下さった。もうすっかりお手上げの状態なんですわ」

応接室——ドアにそう札がかけてなかったら、容疑者の取調室かと思えるような——の古ぼけてすり切れたソファに腰を下ろして、武藤署長は大げさに両手を上げて見せた。

おかしい位、本間警視に似ている。よれよれの背広、曲ったネクタイ、赤ら顔のおっさん、といった風采など、兄弟かと思うほどだ。ただ、本間警視の眼は、よく見ると冷たく、鋭く、ただ者でない事を感じさせるのだが、こちらの武藤署長の方は、小さくて気の優しい柔和《にゆうわ》な眼をしている。私は象の眼を連想した。——この違いが、警視庁警視と田舎町の警察署長という違いになったのだろう。といって、どちらが高級というつもりはないので、いわばそれぞれが自分にふさわしい地位にいる、という意味なのである。

「こちらのお嬢さんは……」

という武藤署長に、

「はあ……」

ともぞもぞしていると、

「私、姪なんですの」

とにこやかに言ってのけて、「秘書役にって無理言って連れて来てもらったんです」

可愛い女の子に――まだ言っていなかったかもしれないが、彼女はなかなかの美人なのである――微笑みかけられて面白くない男は、たぶんいないだろう。この署長とて例外ではなく、さっそく欠けた茶碗でお茶など出してくれる。

署長の話は、結局のところ、今まで私の聞いていた話を確認したにとどまった。

「雲をつかむような話ですわ」

最後に署長は言った。「それに困るのは証人が誰一人疑うなんて思いもよらん人ばかりってことなんです。――駅長の大谷さんはこの町に生れた人で、今の長尾《ながお》さんの後、町長にしようって町の人に言われてるほどだし、車掌の森君も、この線の乗務は長いし、それに奥さんがこの町の人で、誰からも悪い評判一つたてられた事がないと来てる。機関士の関谷君というのは、親父さんの代からこの町にいて、親子二代の機関士、まあ若い頃は結構遊んでもいたようですが、今じゃいい嫁さんもいて、真面目にやってますしな。――連中が嘘をつくとはとても考えられません。しかし嘘でないとすると、あの八人はどこへどう消えたのか……」

「その八人ですが」

と私は言った。「身元は確認されたとの事でしたね」

「ええ、みんな大阪の問屋街の主人でして、あちらの警察でも手を尽くして身辺を洗ってくれたんですが、全く手がかりらしいものは……」

「分りました。この町へ来たのはただの骨休めということでしたね」

「そうです。それもここには一泊しただけで、翌日はもう発ってしまったんですよ」

「それでは、この町で何か起った――事件の原因となるような何かが起ったと考えるのは難しいようですね。ま、旅館での様子は児島さんから伺ってみるつもりですが。……それでは、捜査の新しい進展は全く無かったんですね？」

「一つだけ、あるにはあったんですが……」

「何です？」

「子供ですよ」

署長はちょっと言いにくそうに、「走ってる列車を見たって子供が出て来たんですが……。ご存知の通り、子供ってのは、みんなの注意をひきたいばかりに、とんでもない嘘をつきますからなあ」

「ともかく聞かせて下さい」

「はあ。列車で来られる時に、気づかれたでしょうが、山の水路を鉄橋で渡る所がありますね。その男の子――山田健吉《やまだけんきち》といって十歳になるんですが――その子のいうには、崖の上から水路のトンネルの入口近くまで、ちょっとした足がかりを辿《たど》って、登り降りできる、というんです。で、列車の通るのを見るのが好きなんで、時々、このトンネルのわきにある茂みの陰から、すぐ目の前を列車が横切って行くのを眺めてたらしいんですな。で、その時も、たまたまそこから見ていたって訳で」

「しかしそれは、実際に調査されたんでしょうね」

「もちろんです。確かに登り降りできないことはないです。しかしとても難しい。身軽な子供ならともかく、中年すぎの大人が八人となると……。それに辺りの草やこけを調べましたが、全く踏み荒らされていませんでした」

「なるほど。それで、その子は列車に八人が乗っているのを見たんですか?」

「何人かは分らなかったけど、お客がいるのは見た、と言ってます。顔の確認はとれませんでしたが」

「ふむ。その証言が事実とすれば、ともかく鉄橋までは、客は乗っていた、という事になりますね」

「そうです。しかし」

と署長はため息をついて、「もしそうでも、何一つ分る訳じゃありません。あの八人はどうなったのか。自分たちで姿を消したのか、誘拐されたのか、殺されたのか、どこかに生きてるのか……。助けて下さい。もうお手上げですわ」

その時、永井夕子は急に口を挟んだ。

「その子は列車を見たんですね？」

「はあ」

署長は面食らった様子。

「列車には何も変った事は無かったんですの？」

「それは……いや何も言っていませんでしたね」

「そうですか……」

彼女は妙に考え込んでしまった。


「ね、その子供の話、本当だと思う？」

警察を出てゆけむり荘の方へ歩きながら、彼女が言った。

「本当だね」

私は即座に答えた。

「どうしてそう思うの？」

「子供の嘘は、もっと突拍子《とっぴょうし》もないものだよ。たとえば、あの八人が気球にぶら下がって飛んで行くのを見た、とかね。ただ客車に乗ってた、なんて嘘はつかない」

「なるほどね。さすが警部さんね」

「おだてるな。だけど何をそう考え込んでるんだ？」

「あの子の話の通りだと、私の仮説が崩れちゃうのよ」

と、すっかりくさった様子。

私は微笑んだ。——素人の仮説というやつほど面白いものはない。何か大きな事件が起こるたびに、どれだけ多くの「推理」が警察へ寄せられるか、一般の人には想像がつくまい。担当刑事のデスクには素人探偵からの名推理の手紙がしばし山をなす。全部に一応目を通すのだが、それだけでも一仕事である。素人の目は、事件のどこか一点だけしか見ていないので、およそ理屈に合わないことが多い。時には吹き出したくなるような珍推理もあって刑事の眠気をさましてくれる。

今度の事件では、ヘリコプターで走行中の列車から乗客を吊り上げたのだ、という推理が相当数来ていたと聞く。あの狭い谷間で、そんな芸当が可能かどうか、それにそんな低空で飛べば、車掌、機関士が気づかぬはずはない。

「——で、どんな仮説を立てたんだね？」

私は礼儀上、訊いてみた。

「さあね」

ととぼけて、「エラリイ・クイーンにならって、確信が持てるまで言わない主義なの。

あなた、何か考えはないの？」

「そうだね。少年の話が事実なら――僕は事実だと思うが――乗客が消えた謎を解くのは、ますます難しくなったね」

「と言うと、何か推理はあったのね？」

「うむ……。署長には悪いけど、やはり、車掌か駅長が嘘をついていて、八人は途中で飛び降りて戻ったものと、僕は思ってたんだ。ところが、あの鉄橋を通る時にまだ客が乗っていたとすると、とうてい不可能になる」

「なぜ？」

「あの鉄橋は岩湯谷と大湯谷、二つの駅のほぼ中間にある。二つの駅は約十キロ離れているから、鉄橋を過ぎてすぐ客たちが飛び降りたとしても、五キロ近い距離を歩いて戻らなきゃならなかったはずだ。どんなに急いだって四十分はかかったと見ていい。ところが、列車の方は七、八分後に大湯谷へ着いて、乗客のいないのを知って大騒ぎになっている。岩湯谷駅へもすぐ知らせているんだから、駅にも人が集まって来ていたはずだ。そこへのこのこ八人が戻って行ける訳がない」

「そうね。でも――」

「でも――何だい？」

彼女は立ち止まって、ちょっと考え込む風だったが、やがてきっぱりと、

「行ってみるわ、鉄橋まで」

「ええ？　何しに？」

「その子供に何が見えたのか、この目で確かめるの」

「崖を降りる気か？　危険だよ」

「あら、別に一緒に来てくれとは言ってないわよ。お年寄は無理よね」

憎まれ口をきいて、さっさと駅の方へ歩き出す。

「おい！　知らないぞ、どうなっても」

私の言葉など、完全に黙殺。

「おーい！　流れに落ちたらどうするんだ」

何て向う見ずだ！　死にたきゃ勝手に死ぬさ。全く、俺が親だったら平手の二つ三つでも食らわしてやるところだ。

「勝手にしろ！」

「なるほど……」

足下の崖から真下に豊かな水の流れ込むトンネルの入口を覗き込むと、高所恐怖症でもない私さえ、足の先に軽いしびれを覚える。

「これじゃ、あんな年寄たちはとても登って来られないな」

「あなたは？」

「馬鹿にするな、これでも刑事だ。体は鍛《きた》えてある」

先にたって降り始めたものの、見かけよりずっと難所である事をすぐに思い知らされた。小さな岩の出張りに足をかけ、露出した木の根っこをつかみながら、ようやく下へ辿り着いたときには、いささか息を切らしていたほどだ。永井夕子の方も、かなり緊張した面持ちで降りて来たが、それでも、若さというもので、最後には一メートル半位の高さからぽんと飛び降りて来た。

「危いじゃないか」

私は叱りつけた。「流れに落ちたらどうするんだ」

「妬《や》かない、妬かない」

「え？」

「しょせんは年齢《とし》の差よ」

頭に来るな、全く！——例の茂みはすぐに分った。子供一人隠れていられるような茂みは一箇所しかない。私たちは交互にその陰にかがんでみた。

「これなら列車は充分見えるな」

「でも実際通るのを見なきゃ」

「待ってる気かい？　一時間に一本しかないんだよ」

「たった一時間じゃないの、どんなに待っても」

処置なし。——諦めて手近な岩の平らな所に腰を下ろす。彼女は茂みの手前にしゃがんで、私の方を見ていたが、やがてちょっと笑うと、

「いい人ね、あなたって」

私は柄にもなくどぎまぎして、

「何だい、急に……」

「わっ、照れてる」

私は苦笑いして、タバコを取り出して火をつけた。

「君は東京から来たの?」

「ええ。ヒマな大学生よ」

「探偵ごっこが好きらしいね」

「あら、これでも少しは才能があると、うぬぼれてるのよ。タバコもらえる?」

「うむ? ——ああ」

と一本渡して火を移させてやりながら、「僕が親ならタバコなんかよせ、と怒るところだ」

「うるさい親がいないせいで、このざまよ」

「いないって?」

「交通事故で死んだの。もう四年たつわ」

「ほう……」

私は改めて娘を見つめた。彼女の底抜けに明るい無邪気な笑顔からは、そんな寂しげな影は、少しも感じられない。

「以後、ずっと一人暮しよ」

「それじゃ僕と同じだ」

「え？」

「僕も一人暮しさ」

「うそ。……本当に？」

「女房を、やっぱり交通事故でなくしてね。三年になる」

「お子さんは？」

「いない。すっかり身軽ってわけさ」

「寂しいわね……」

彼女は自分に言い聞かせるように、「そんな身軽さって——何だか空《むな》しいでしょ」

私は、ふっと考え込んだ。忙しさの中に自分を追い込んで、忘れようとした空虚な時の恐ろしさ……。だが、少しでもそれを忘れられただろうか。

「——ごめんなさい」

彼女が言った。「悪いこと、言ったわね」

「そんなことはないさ」

私は微笑んだ。「いつも何かが欠けてるような、そんな気分だね。毎日、たとえば
――」

私は言葉を切った。「ついてるじゃないか。列車が来たようだよ」

レールを伝って、かすかな唸りが聞こえて来た。彼女もその音のする方を見て、

「岩湯谷からの列車ね。同じ方向のが見られるわ」

と、茂みの陰で身を縮めて、早くいらっしゃいよ、と私に声をかけた。

「どこへ？」

「ここによ、決まってるじゃない」

「そんな狭いとこに二人も隠れられるかい」

「じゃそこに突っ立ってるの？　お客が見たら、消えた八人の亡霊が出たって大騒ぎになる事請け合いよ」

言われてみればその通りだ。しかし……。列車の音がどんどん近づいて来る。私は夕バコを流れに投げ捨てて、茂みの彼女の脇へ身を縮めた。それにしても窮屈で、参った。子供一人が隠れて、ちょうどいい場所なのだから、当り前だが。もっと参ったのは、どう頑張っても彼女とぴったり身を寄せ合わなくてはならない事で、東京のラッシュの国

電なら気にもならないが、こんな茂みの陰で、となると、気恥ずかしいような、苛立たしいような、妙に落ち着かない気分になってしまう。何だ、女房持ちだった男のくせに、今さら照れくさいでもあるまい。

列車が頭上をゆっくりと通り過ぎて行く。下から見上げる格好になるので、車体の下半分は見えないが、窓は完全に視界に入るし、中の乗客も、顔はともかく、乗っている事を確認するには充分だった。

列車が行ってしまうと、立ち上がって、腰をのばした。

「さて、気がすんだかね」

「ええ」

驚いた事に、彼女は嬉しそうに笑っている。

「どうかしたの？」

「やっぱり間違ってなかったわ」

「子供の証言通りだったってことかい？」

「いいえ、私の仮説が正しかったってこと」

「しかし、君はさっき――」

「ええ、でも実際に見て分ったの。子供の証言と私の仮説は矛盾しないって」

「どんな仮説なんだね？」

いくらか興味を覚えて、私は訊いた。

「そのうち、教えてあげるわよ、ワトスン君」

やれやれ——。

6

「彼らは殺されたんだ、と思うかね？」

駅前にある、みやげもの屋兼用の喫茶店で、昼食を取ったあと、何ともひどいコーヒーを飲みながら、私は言った。

「その辺は分らないわ。あなたはどう思うの？」

「残念だが、おそらく殺されているだろうね」

「そうね、二週間もたってるんですものね」

「生きていれば、必ず何らかの消息があるはずだ。誘拐されたのなら、脅迫状が来るとか……」

「でも死体をどこへ？」

「そこだな。……で、こう考えたんだ」

「どう？」

どうして俺はこんな娘に自分の考えを話してやったりするんだろう……。

「つまり、彼らがどうやって列車から消えたか、それは本質的な問題じゃない。みんなその謎にばかり気を取られているが、問題は八人がどうなったか、だ。もし殺されたとしたら、死体はどこか？　遠くへ運び出す事はとても無理だ。あれ以来、この一帯は日本中の注目の的なんだからな。この辺で、死体のありそうな所はどこか？　まずそれを捜すんだ。死体さえ見つければ、どうやって彼らが列車から姿を消したかも、きっと分る」

彼女は、子供のように好奇心をむき出しにした目でじっと私を見ていた。

「で、心当りがあるの？」

「ないこともない」

私はちょっと気取って、

「行ってみるかい？」

「首に縄つけてでもついていくわ」

「そりゃ逆だろ、言い方が」

私たちは喫茶店を出て歩き出した。

「どうして私を連れて行く気になったの？」

「さあね」

私は言った。「悪者に囲まれた時は、君のような強そうなのがいてくれると心強いからね」

「まっ！」

彼女は目をむいた。

そう、私の目指すのは採石場──あの大谷駅長の話していた、古い採石場の跡である。竪穴《たてあな》や、坑道もある。入口をふさぐ大きな石も、ごろごろしていよう。死体を隠すには、もってこいではないか。

私は武藤署長から、この付近の詳《くわ》しい地図をもらっていたので、別段迷うこともなく、採石場へと辿り着いた。

「これは……」

私たちは立ち止まって目を見張った。これほど──これほど広大なものだとは思ってもいなかったのだ。

荒々しく削り取られた山はだが、眼前に立ちはだかり、それは百メートル近くもの幅に渡っていた。その前にはサッカーグラウンドほどもある敷地に、錆びたレールが縦横に走っていて、坑道の入口となると、一体いくつあるのか、見当もつかなかった。

「ちょっとした、この世の涯《はて》ね」

と彼女が言った。

正に荒涼《こうりょう》という言葉がぴったりだ。古びたトロッコがあちこちに放置され、今にも倒れそうな木のやぐらが三つ、立っていた。ちょっとした一軒家くらいの小屋がある。

「ともかく、あの小屋を覗いてみようか」

人間の頭ほどもある石が足元にごろごろころがっているのを縫って、小屋へ行ってみた。——中はもぬけのからで、長い間、誰も使った跡がない。ドアもすっかり錆びついている。これでは話にならない。私たちは表へ出た。

「一応、端から端まで歩いてみるか」

山の断面に沿って私たちは歩き出した。坑道が暗い空ろな口を開けているのを横目で見ながら、

「この坑道を一つ一つ調べようと思ったら、大変だ。人手と日数を覚悟しなくちゃならない。それだけの確証もないしな」

「難問ね」

「それにこういう所は、廃坑にする時には、坑道をごく浅い所で全部爆破してふさいでしまうのが普通なんだ。後で誰か入り込んで事故でも起こさないようにね。もし、そのふさいだ所へ死体を置いて、もう一度ハッパをかけたら、もう跡はさっぱり分らなくなる」

「となると、全部の坑道の、入口をふさいでる岩を取り除かなくちゃいけないわけね」

「無理な相談だな。たとえ――」

「しっ!」

鋭く、彼女が言った。

「どうした?」

「何か、聞こえたのよ。あの坑道から」

彼女は声をひそめて、今通り過ぎた坑道の入口を指した。私たちは、足音を忍ばせて、入口へと近づいた。入口の脇に身をひそめて、じっと中の暗がりに、耳を澄ます。――確かに、何か、かすかな音が切れ切れに聞こえて来る。しばらくは、それが何か分らなかった。やがて思い当ったとき、私と彼女は顔を見合わせた。お互い、寒気が背を走るのが分った。――それは、低い、すすり泣きの声だった。

「……何かしら?」

「誰かいるんだ」

私は坑道の中を覗き込んでみたが、光の届くのは入口からほんの数メートルで、その奥はただ闇があるばかりだった。すすり泣く声は休むことなく聞こえて来る。ともかくも、声をかけてみる事にした。

「おい、誰かいるのか?」

ぐわん、と声が短く坑道の中に響いて、中から、きゃっという悲鳴が返って来た。

「……だ……だれ！……だれです！」

若い娘の声らしい。

「心配しなくていいよ、旅行客だ。……声がしたんで、どうかしたのかと思って。出て来ないか？」

しばらくたって、岩を踏む音がすると、土地の娘らしい、十八、九の少女が出て来た。色の白い、ひ弱な感じの娘で、着古したセーターにスカートという、地味ななりをしている。

「驚かしたかな、悪かったね」

私は努めて気軽に話しかけた。「この町の人？」

娘は黙って肯いた。

「泣いてたんだね。……どうかしたの？」

「いいえ！」

娘は怯《おび》えた様子で激しく首を振った。「泣いてなんかいません！　なんでもないんです！　なんでも——」

娘は急に駆け出して、止める間もなく、町の方へと走り去ってしまった。

「泣きはらした眼だったたな」

「この坑道に何かあるのかしら？」

「いまの娘が事件に関係あるとは限らないさ」

私は笑って、「ただ彼氏の心変りを嘆いてたのかもしれんしね」

「でも——」

彼女はゆっくり言った。「あの娘《こ》、ゆけむり荘で働いてるのよ」

「本当かい？」

「ゆうべ夕食を運んで来たのは、あの娘だったわ。確かよ」

何かあるのだろうか？　こんな人気のない、薄気味悪い廃坑へ若い娘が一体何の用事でやって来るのだろう？

私たちは、暗く、吸い込まれそうな坑道の奥の闇を、そっとのぞき込んだ。

「……で、児島さん、あなたも、あの八人の客については、よく憶えてらっしゃるんですね」

ゆけむり荘の支配人室のソファに、私は児島公平と向かい合っていた。

「はい、憶えております」

「これほど人の出入りが多いのに、一泊しただけの客のことを憶えているとは、よほど何か印象に残ることでも？」

「いえいえ」

児島は愛想笑いをして、「こういう商売をしておりますと、お客様の顔を憶えるのは、一つの習性のようなもので……。あの方たちとも、お着きになった時と、お発ちになった時しかお会いしてはおりませんが」

「泊った晩に何か変ったことは？」

「いえ、特に何も」

「そうですか。今、発った時に、とおっしゃいましたね。あんな早朝に、あなたが自分で送り出したんですか？」

「はい。早番の女中をちょうど使いに出しておりまして、他に誰もいなかったものですから……。それに私は毎朝遅くとも六時には起きるようにしておりまして」

「それは大したものですね」

その時、ドアが開いて、白髪の背広姿の男が顔を出した。

「ああ、ちょうどよかった」

児島が声を上げた。「町長さん、こちらが東京からいらした宇野警部さんです」

「おお、これは……。町長の長尾《ながお》です」

年齢の頃は六十五、六といったところか。垢《あか》抜けした老紳士で、好感の持てる相手だった。風格があるというか、国会議員といってもおかしくない落ち着きがあって、なか

なかの人物と見えた。挨拶の後、話に加わった町長は、

「ともかくこの町の名誉にかけても事件を解決していただきたいと思います」

「努力します」

と私は答えて、「事件のことをお聞きになったときは驚かれたでしょうね」

「ええ、それはもう。……ちょうど前の晩、町の公民館で俳句の会がありまして、終ったのが夜中過ぎになりましてね、公民館に近い会員の一人の家に泊ったものですから、事件の話を耳にしたのは翌日、家へ帰ってからでした」

「なるほど。いいご趣味ですな」

ろくに俳句など分りもしないくせに。

「いや、素人の集りですが、素人でも作る楽しみは、他に換え難いものです」

「そうでしょう」

「〈四季会〉といいまして……。四人で始めたものですから、そう名付けたのですが、今では人数も倍に増えてしまいまして、何か会の名前を新しく考えにゃならんと思っておる所です」

長尾町長は苦笑した。

「この町の方ばかりの会なんですか？」

「そうです。昔からここに住んでる、まあ老人ばかりの集りでして」

俳句談義以外には別段長尾町長の話に聞くべきものはなかった。私は児島に、当夜、八人の部屋を受け持った女中に会いたいと言った。すぐに寄こしますからと、児島が町長と一緒に支配人室を出て行くと、一人残った私はのんびりとタバコをくゆらした。言い忘れたが、永井夕子は、一風呂浴びて来るわ、と昼日中から温泉につかっているのである。今の所、手がかりらしいものは、何一つつかめていないと言ってもいいのに、なぜか心は軽かった。それにはあの生意気な探偵気取りの娘のせいもあったかもしれない。

「失礼します」

女中が入って来た。顔を見合わせ、お互いぎょっとする。——そうだ。あの廃坑で泣いていた娘だったのだ。

「——で、その娘の話、どうだったの？」

濡れた長い髪をタオルで拭いながら、永井夕子が訊いた。

「何もつかめなかったよ。彼女は植村美和《うえむらみわ》といってね、この町の農家の三女だそうだ。児島の話では、とても素直な、おとなしい娘だということだったよ」

「で、まるで何も？」

「そう。——ちょっと引っかかったのはね、僕があの八人の顔をよく憶えてるかって訊くと、『暗くてよく見えませんでした』って答えたんだ」

「暗くて？　部屋が？」

「そうさ。僕もそれを問い詰めてみたんだが、結局、何のことはなかったよ」

「というと？」

「例の八人、部屋でフィルムを見てたのさ」

「フィルムって……」

「ブルーフィルムって奴さ。こういう温泉町にはつきものだよ」

「まあ！」

憤然として、「いやらしい。男って、どうしていやらしいんだろ」

「僕に怒っても仕方ないよ。ま、そんな所さ」

「で、差し当り、どうするの？」

「差し当り、そうだね——夕飯にしよう」

女中が丁度夕食を運んで来た。もうそんな時間か。窓の外は暮れかかって、冷え冷えとして見えた。彼女は立ち上がって、ひょいと私の部屋を出て行くと、すぐに自分の膳を持って戻って来た。

またまたハンバーグに焼魚と、まるでこれじゃ社員食堂のA定食、B定食ってところだ。

「あら」

彼女が声をあげた。

取り上げた茶碗の下に、小さくたたんだ紙片があった。——広げて見ると真顔になって私に寄こす。走り書きで、こうあった。

〈あの刑事さんにお話があります。十二時に、石切り場にいらして下さい〉

「……持って来たのはあの娘《こ》だったのね」

初めての手がかりらしい手がかりだ。私たちは顔を見合わせて、思わず微笑んだ。

「楽しみね。私も行っていいんでしょ？」

「どうせ来るんだろ」

まずは腹ごしらえ、と〈定食〉を平らげ、時の過ぎるのを、トランプに紛らしながら待った。十一時半になると、私たちは身支度をし、懐中電燈を手に、ゆけむり荘を出た。

一体、あの植村美和という娘は何を見たのか。何かを知っている。そんな印象は、彼女と話をしている間中、ずっと私の心にあった。ともかくこれで事件解決への糸口がつかめるかもしれない。冷たい夜気も、暗い道も、少しも苦にならず、浮き浮きした足取りで、私たちは、あの採石場へ急いだ。

彼女はいた。だが話を聞くことはできなかった。——あの、昼間、彼女がすすり泣いていた坑道の前で、重い石に頭を割られて、娘は死んでいたのだ。

7

朝の光がほのかににじんで来る頃、私と永井夕子は、ようやくゆけむり荘へと重い足を運んでいた。

武藤署長以下、十人余りの全署員を動員して、闇夜にライトをつけ、付近一帯を調べ回ったものの、手がかりらしいものは何も見つからなかった。判明した事といえば、植村美和が頭部を、近くに転がっていた重い石で強打されて死んだ――つまり殺された、という判りきったことだけであった。

夜が明けて、町の人々にこの件が知れ渡ると、私の名が表へ出ることになりかねないので、ひとまず私たちは宿へ引き取る事にしたのである。

二人ともあまり口をきかない。思いは同じである。

「――先を越されたわね」

彼女が呟いた。

私は、ゆけむり荘の支配人室で植村美和と話したときのことを思い出していた。あの八人が部屋で映画を見ていた、と聞いて、私がどんな映画だった？　と訊ねると、本当に消えてなくなりそうな様子で、黙ったまま顔を火のように赤くした何ともいじらしいさまが、まざまざとよみがえる……。

「気のいい娘《こ》だったのに」

彼女が続ける。「ゆうべ——いえ、おととい夕食を運んで来たときも、『こんなもんですみません』って、まるで自分のせいみたいに謝って……」

「必ず犯人は挙げてやるさ。口をふさぐための殺しは、いわば予定外だ。犯人も慌ててる。きっと手がかりを残しているさ。僕の経験では——」

気がついてみると、彼女が横にいない。振り返ると、数メートル後ろで立ち止まったきり、目を見開いて、茫然とした様子。

「おい、どうしたんだい？」

「——え？」

居眠りからさめたように、はっとして、「あ——ごめんなさい。考えごとしてて……」

妙な娘だ。私は首を振った。何を考え込んでいるのか、ゆけむり荘に着くまで、彼女はついに一度も口を開かなかったのである。

彼女は少し眠りたいからと部屋へ戻り、私は武藤署長の連絡を待った。ゆうべは一睡もしていない。

ここの主人、児島公平は、私にはますます怪しく思われて来た。植村美和が何かを知っていた以上、その何かとは、ここ、ゆけむり荘で起ったことであろうし、彼女が私たちと会おうとしていたことも、児島は容易に知ることができたであろう。だが、推論だけで下手に手は出せない。児島もこの町では有数の名士なのである。だが、期待は空しく裏切られた。手がかりらしいものは何一つ見つからなかったのである。

昼頃から少し眠って、目がさめると三時になろうとするところだった。――これからどうすればよいのか。児島を訊問するのがまず常道と思えたが、こちらには何一つ確実な物証も、証言もない。ただのはったりをきかせたおどしで、口を割る男とはとても思えない。

消えた八人が、この町に滞在した、たった一晩に、何があったのか。それが鍵だ、と私は思った。ブルーフィルムを見たことは、別段珍しい事でもない。それとも――そのフィルムに、何かあったのだろうか？　八人の男たちにとって重大な何かが……。

大して可能性はない。だが、今は何でもまずやってみることだ！

私は年齢のいった女中から、その類のフィルムを映しに来る男を聞き出し、さっそく出かけて行った。

柏原《かしわばら》というその男は、冴えない小間物屋の親父で、五十がらみのはげ頭であった。私が身分を明かすと真っ青になって、あんな仕事は二度といたしませんからご勘弁を、と土下座しかねない様子。私はそんなつもりはない、と説明し、あの晩、例の八人の客に見せたフィルムを見せてほしいと言った。ところが、その親父、すっかり当惑顔で、どれだったか憶えていないというのである。そう言われてみれば、そうかもしれない。何しろ多い日は三つ四つの旅館から声がかかる。どこへどれを持っていったかなど、いちいち憶えてはいられないだろう。フィルムは8ミリなので、素人でも映せる。柏原は旅館の帳場の人にフィルムを預けるだけで、後は翌朝回収して回るのだ、というのであった。

どうしたものか、迷ったあげく、私はフィルム全部を見る事にした。見ずに帰れば、いつまでも気になるだろう。

二十本からのフィルム、それもチカチカと露出の悪い8ミリを四時間も見続けるのは、正に拷問《ごうもん》に等しい。私は映倫の委員の苦労が少しは分ったような気がした。カット前の映画が見られるから、などと、うらやむ輩《やから》がいるが、知らぬが仏、であろう。

柏原の所を出た時は八時近かった。頭がくらくらして、目がかすんでいた。――何も得る所はなかった。フィルムに、あの八人の誰かが映っているのではないか、と漠然と考えていたのだが、完全に外れた。八人の顔写真は署長から手に入れて憶え込んでいたのだ。

ゆけむり荘へ急ぎながら、これをあの永井夕子に知られてなるものか、と思った。さんざん冷やかされて、「いやらしい！」とやられるのがオチだ……。

冷えた夕食をかっこんで、永井夕子の部屋を覗いてみると、手をつけていない膳が置いてあるきりだった。あんな食いしん坊が、妙だな、と思いつつ部屋へ戻ると、女中が膳を下げに来ていて、私の顔を見ると、

「あ、お客様、あちらの女のお客様が、これをお渡ししてくれ、と……」

結《むす》び文《ぶみ》にした手紙である。何事か、と開いてみる。

〈警部さん。お出かけなので、私、一人で犯人に会って来ます。一時間して戻らなかったら、あの採石場へ来て下さい。夕子〉

犯人に？　会って来ます、だって？

「ちょっと！」

と女中を呼び止め、「あいつ――いや、この女の子、いつ出てったね？」

「ええと……夕ごはんをお持ちした時ですから、六時ごろで……」

いつの間にか懐中電燈を持っていた。そして夜の道を猛然と突っ走っていた。何となく、女中を突き飛ばしたような、階段から誰かが転げ落ちたような記憶はあったが、定かでない。ただ、走っていた。

あの娘が嘘をついているのかもしれない、とか、探偵ごっこの早とちりをやっているのでは、とか、そんな考えは、不思議なことに一度も思い浮かばなかった。目の前の闇

を突き破らんばかりに走りながら、脳裏に、頭を岩で砕かれて死んでいる永井夕子の映像が何度もフラッシュした。

——喘《あえ》ぎ喘ぎ、採石場を見渡した私は、あの、植村美和の殺されていた坑道から、明りが洩れているのに気づいた。懐中電燈を消して、そっと近づいて行く。——坑道の入口のわきへ身を寄せると、男たちの話し声が聞こえて来た。複数、それも二人や三人ではない。私はそっと中を覗き込んだ。

明りは坑夫の使うカンテラで、傍の大きな岩にのせてある。男たちは明りの手前に、こちらへ背を向けているので、顔は分らなかったが、数えると六人もいる！——彼女は？　しばらく目をこらして、やっと男たちの合間から彼女が見えた。重なり合った石の上に、手足を縛られて横たわっている。気を失っているらしい。猿ぐつわをかまされているところを見ると、殺されてはいない。間に合った、と安堵《あんど》はしたが、さてどうするか。相手は六人、こっちは拳銃もない、と来ている。

男たちの話は、声が反響して聞き取れないが、大分やり合っている。彼女をどうするかで、もめているのだろう。六人の顔も見たかったが、今は彼女の命が大事だ。——一か八か、やって見る事にした。

高校時代、野球部のエースだったのは、もう二十年も前の話で、まるで自信は無かったが、運を天に任せて投げた石つぶてに奇跡的にカンテラに命中、ガチャンという音とともに、坑道は真っ暗になった。一瞬の静寂、ついで恐慌《きようこう》状態になった。六人の男たちは、ワッと声を上げながら、飛び出して来た。入れ違いに中へ飛び込む。混乱に乗じて彼女を救い出す——。

ところが……何とも、あっけないことに、あの六人、坑道を飛び出すと、一目散に逃げて行ってしまったのである。ずいぶん気の弱い犯人たちだ。私は懐中電燈をつけて、そばの石の上に置き、彼女を照らし出すようにした。気を失ったふりをしていただけらしく、目を開いて私を見つめている。急いで猿ぐつわを外してやると、ふうっと息をついて、

「助かった！　遅かったのね、ずいぶん！」

私はむっとして、

「何言ってる！　こんな危い真似をして、尻をひっぱたいてやるところだ！」

「いやらしい。早く解いてよ」

——手足のしびれが直るまで、彼女を傍の岩に坐らせて、私はあの六人が戻って来ないか、と見に行った。

「大丈夫よ、帰って来やしないわ。てんで意気地がないんだもの」

「だが、あの娘を殺したじゃないか。それにあの八人……」

「あの八人はここよ」

彼女は坑道をふさぐ岩の山を示して、「さっき話してたわ」

「やっぱりか。……だが、あの男たち誰だったんだ？」

「聞きたい？」

にやりとして、「教えたげないっと」

「いいか、これは遊びじゃないんだぞ。いい加減にしないと……」

「そんなこわい顔しないでよ。分ったわよ」

と、ひょいと立ち上がると、「さて、それでは始めますか」

「何だい、一体？」

「いやね、推理小説につきものの、謎ときじゃないの。事件の関係者を一室に集めて、探偵が口を開く――『さて、皆さん』」

「のんびりしてる時じゃないぞ、あの連中を逃がしちまうかもしれないじゃないか。誰だったかだけ先に教えてくれ」

「あらそう。私の好きな様にやらしてくれないんなら、言わないわよ」

私は諦めて腰をおろした。畜生！

「さて」

すっかりいい気分の彼女、「私がこの事件を調べようと思い立ってやって来て、まずしたことは、あの走行中の列車から、どうやって八人が姿を消したかを調べる事でした。

八人が実際に乗り込み、走っている列車に乗っていた事は、あの子供の証言によって疑う余地はありません。となると、どんなに不可能に見えても、何らかの物理的な説明が可能に違いありません。私はそれを着いた日の翌朝、発見しました」

「君が貨車に隠れてたときか？」

「そう。あの時、私にはあの八人がどうやって姿を消したか判っていました」

「まさか！」

「何よ」

むっとした様子で、「信じないならもうこれ以上――」

「判ったよ、信じる、信じるよ。一体どうやって消えたんだい？」

「それはね――。あの時、私、手が油で汚れてたの、憶えてる？　ハンカチ借りたでしよ」

「ああ」

「あそこにあった手こぎの台車――あの手で押す、何ていうの、ポンプみたいなとこ、あそこに油がさしてあったのよ。ごく最近使われたってことだわ。それでいて台車全体は汚れ切って、錆びついていた」

「あの台車を……」

「それしか考えられないわ。あれを始めから列車の最後につないでおくの。そして走っている途中で客は車掌室を抜けて台車へ乗り移る。みんな乗り移ったところで車掌が台車を列車と切り離す。——台車はしばらく惰性で走るけど、すぐ速度は落ちるわ。そこでブレーキをかけ、今度は手でこいで岩湯谷駅へ逆戻りすればいいでしょ。勢いがつけば、ずいぶんスピードが出るものよ。みんなが騒ぎ出す前に帰り着くのも難しくないわ」

「あの台車の置いてある支線はずいぶん錆びついていたよ」

「レールは一週間も放っておけば錆びちゃうのよ」

「それはそうだ。しかし——」

「待って、言いたいことは分ってるけど、ちょっと待って。ほら、あの子供の証言を聞いた時、私の仮説が崩れたって言ったの憶えてる？」

「憶えてるさ。——そうか、もし子供が列車を見たのなら……」

「そう。あの台車も当然見えたはずよ。それでショックだったわけ。ところが実際に、あの茂みの陰から覗いて見ると、列車の上半分しか見えないのよ。だから当然、台車は目に入らなかったのね。で、安心したわけ。さて」と一息ついて、「方法は分った。ところが、この方法だと、機関士はともかく、車掌と岩湯谷の駅長さんはどうしたって事の真相を知ってたことになるし、それどころか、共犯ってことになるわ」

「それが問題だよ。どうしてあの人たちが、そんな事をするんだ？」

「私だって、それはつい昨日、あの娘が殺されるまで分らなかったのよ。ただ一つ、気になってたのは、この事件の証人は、一人残らず、信用できる人ばっかりだったこと。駅長、車掌、機関士——みんなこの町となじみの深い人ばかり。それにゆけむり荘の主人の児島だって、町では実力者でしょ。証人が立派すぎる。それが気になったの」

「それで？」

私は促した。

「で、考えたの。この人たちが、何か共通の目的で犯罪を犯すとしたら、その目的は何だろうって」

彼女は今や真剣そのものだった。

「その答えは——この町そのものじゃないか、そう考えついたのよ。あの人たちが一緒になって何かをしたとすれば、それは町のためだったんじゃないか。そこで、あの植村美和が問題になるのよ。彼女は疑いもなく何かを知っていた。その何かとは、彼女があの晩見たものに違いない。とすると、〈ゆけむり荘〉で、何かがあったに違いない。……私ね、今日、他の旅館を訊いて回ったの」

「何を？」

「食事のおかず」

「おかずだって？」

「そう。答は思った通りだった。山菜料理、きのこ、精進《しょうじん》揚げ……。コロッケやらフライを出してるのは、ゆけむり荘だけ。なぜかしら？」

「分らないね」

「――きのこだったと思うわ」

「きのこ？」

「あの八人は毒きのこに当って死んだのよ」

　私は唖然とした。

「あの娘は、食事を下げに行って、八人とも死んでいるのを見つけたのよ。慌てて主人に知らせに行く。でも主人は警察へ知らせる前に考えたのね。これがどんな結果をもたらすか。ただでさえ大湯谷に押され気味のこの町で、八人もの客が中毒死。観光地には致命的だわ。で主人の児島はあの娘に固く口止めしておいて、俳句の会をやっていた町長のところへかけつけたわけ。俳句の会の人たちは、みんなして、何とかこの事件を隠し通して、町を守ろうと決めたのね。そして、たまたま、死んだ客は八人で、俳句の会のメンバーも八人だった」

「身代りだったのか！」

「そう。翌日列車に乗ったのは町長さんたちだったのよ。むろんそのためには駅長、車掌、機関士も、説得したのね。みんな町のためだと引き受けたわけ」

「しかし、どうしてあんな面倒なことをしなきゃならなかったんだ?」

「仕方なかったのよ。だって、まず死体は発見されちゃいけなかった。解剖されたら死因が分ってしまうもの。でもともかく八人は町を出なくちゃいけない。町で消えれば、町の評判に傷がつく事に変りはないから。ともかく町を出たことにして、死体は見つからないように、となれば途中で消える他はないでしょ。大湯谷駅に着けば顔を知られてるから駅長に分ってしまう。となれば、ああいう方法以外になかったのよ。たぶん台車のトリックは駅長か車掌の案でしょうね」

「そうか。――すべてうまく行ったが、一つだけ、あの女中が……」

「そう。あれは完全な殺人ね。やったのは児島よ」

「そうじゃないかと思ってた」

「八人の死体はあの晩のうちにここへ運んで埋めちゃったのね。翌朝、児島はわざと女中を使いに出して、自分で、死んだ八人の服に着替えた町長たちを送り出したのよ。朝早いといっても、町の人の目につかないとも限らない。顔を見られないように気をつけ、駅へ向かったわけね」

私は大きく息をついた。疑うには、彼女の話は余りに真実の重みがある。

「――今の男たち、誰だったんだ?」

「児島、それに町長さんでしょ、他の人がそう呼んでたから。それに森車掌、あとの三人は俳句の会の会員ね」

「何てこった……」

私は嘆息した。


町へ戻る道を急ぎながら、私は言った。

「それにしても、君はどうしてあんな無鉄砲な真似をしたんだ?」

「さあ……。いくらかは駅長さんや町長さんに同情したせいかしらね。あの車掌さん、とても実直そうに見えたんで、すべてを知ってるから、あそこの採石場で話したいって手紙を渡したの。自首を勧めようと思って。ところが、あんなに大勢来ちゃって」

「全く危い事をするよ。植村美和みたいに殺されてたかもしれないんだぞ」

「ずいぶんもめてたのよ、私をどうしようかって。私、縛られた時、あっさり気を失ったふりして話を聞いてたの」

「君をどうするつもりだったんだ?」

「児島は、あの水路——ほら子供の隠れたところね——あの流れに放り込めば、死体はそう簡単に見つからないって主張してたわ。でも他の人はやっぱりためらってたわね」

まるで人ごとのような呑気な話し方に、私は呆れて彼女を見ていた。

「失敬な案を出したのがいたわ」

としかめっ面《つら》で、「俳句の会のじいさんだと思うけど、あの坑道の一つの奥に私を閉じ込めておくの。そしてみんなで代る代る私を手込めにしようっていうのよ」

「何だって！」

「そしたら、いっそ今ここで、なんてのもいてね。見くびるなって。それしきの事で泣き寝入りしてる私じゃないわってのよ」

「だけど、おい──」

私は慌てて、「まさか──その──何か変なことされたんじゃ──」

「変なこと？　いやね、よしてよ。まだ無事よ。どこかのおじさんにお風呂で覗かれたくらいのものよ」

口の減らない小娘だ。──私は少し置いて、言った。

「もう、おしまいだな、この町は」

「そうね。……でも、どうかしら。そんな事も無いような気がするけど……」

8

武藤署長は、にわかには私の話を信じ難いようだったが、永井夕子という証人もおり、納得した。ずいぶん辛い事であったろう。

だが、深夜の署内で逮捕のため署員が準備をしている所へ、他ならぬ長尾町長が自首して来たのである。町長の話は、永井夕子の話と寸分違わなかった……。

その夜のうちに、児島を除く全員が、逮捕され、または自首して来た。児島は一人夜道を逃亡したらしかったが、いずれにせよ逮捕は時間の問題であった。

三時近く、やっとゆけむり荘へ戻った私は、約束通り、記者の山岡を叩き起こして一足早くニュースを教えてやった。山岡が本社へ夢中で電話をしているのを背に、部屋へ戻ると、ふとんに服のまま横になった。

疲れてはいたが、興奮のせいか眠くなかった。先に帰した永井夕子は、たぶんすやすや眠り込んでいるだろう。不思議な娘だ。殺されそうな目に会ってもケロリとしている度胸、鋭い勘。こわいもの知らずの若さと、ベテラン刑事も及ばぬ観察力と——。全く妙な娘だ。

浴衣に着替えて明りを消し、床へ入ると、すぐ、誰かが明りをつけた。見れば浴衣姿の永井夕子である。

「どうした？」

「すんだの？」

「何もかもね。眠れないのかい？」

「ううん。待ってたの」

「僕を？」

「そう」

するると、彼女、おもむろに帯を解き出した。

「おい……何してるんだ？」

「お尻をぶってやるって言ったでしょ」

するりと浴衣が落ちると、白い裸身が立っていた。

「──ぶたれに来たの」

そう言うと、私の床へ勢いよく滑り込んで来た……。


寝入ったのは、ほとんど明け方近かったのに、七時半には目を覚ました。眠りが深かったのか、割合頭はすっきりしていた。──頭は？　いや、それどころじゃ……

永井夕子はもういなかった。一緒に眠ったと思ったが、自分の部屋へ戻ったのか、それとも、もう起き出したのだろうか。

顔を洗って服を着ながら、彼女の事を考えた。私が初めての相手ではなかったが、何といってもまだ学生だ。四十にもなろうという男──それも警官が、若い娘を請われるままに抱いてしまったとは、軽率のそしりを免れない。両親はいないと言ってたっけ。そうか。寂しいのかもしれないな。強がって見せてはいるものの、私の中に父親の面影でも見つけたのだろうか。

しかし、何のかのと言っても、私は満ち足りた気分だった。まあ、ともかく彼女の気持を確かめてみよう。枕元の手紙に気づいたのは、その時だった。昨日と同じ、結び文にした紙片で、はねるような字で走り書きがあった。

〈おはよう、警部さん！　私、学校をそうさぼれないので、一足お先に東京へ帰ります。お目ざめの頃には、もう列車に乗ってるでしょう。また、いつかお会いしましょう。そのうち、きっと警視庁へ訪ねて行きます。では、その日まで。

ゆうべは、とてもすてきでした。夕子〉

幽霊列車事件の解決は大変なセンセーションを巻き起こした。児島はすぐに逮捕され、植村美和殺しは自分の単独犯だと供述した。長尾町長、大谷駅長らは、死体遺棄などで、懲役刑となったが、執行猶予のついた極めて軽いものであった。

永井夕子が予言したように、岩湯谷の町は、おしまいにはならなかった。事件の後、物見高い観光客で町は溢れんばかりとなり、〈ゆけむり荘〉は二年先まで予約で埋まって、新しい経営者を仰天させた。あの採石場が今では、ちょっとした観光名所である。

むろん、事件解決の栄誉は岩湯谷の武藤署長に帰せられたが、武藤署長は謙虚に徹して、多くを語らなかった。真に事件を解決したのが二十一歳の女子大生だとは、私以外の誰も知らない。

私？　私は残された休暇を、官舎の部屋でごろ寝をしたり、夜の銀座をぶらついたりして楽しんだ。しかし、そうして雑踏の中を歩きながら、若い娘たちの笑い声を耳にすると、我知らず永井夕子の姿を捜して目を向けているのだった。

職業柄、彼女の居所を探し出す事も、決して不可能ではなかったが、私はそうしようとは思わなかった。今も私の定期入れに入っている彼女の手紙にあるように、いつか不意に私を訪ねてやって来るだろう、と思っていた。

何か奇妙な事件が起った時に、あの小生意気な微笑を浮かべて現われるだろう。なぜか分らないが、私はそう信じているのである。

裏切られた誘拐

1

岡本嘉子《おかもとよしこ》と申します。はい、新田《にった》様の所で働くようになりまして十五年になります。ただいま四十五歳でございます、申し遅れまして……。こちらのだんな様の奥様が亡くなられまして半年たって、女中としてやとわれたのでございます。――女中、でございます。私、最近の〈お手伝いさん〉などという呼び名は好きませんので。もう、今の若い人たちときたら、八時を過ぎたら茶碗一つ洗おうといたしません。雑巾《ぞうきん》がけも満足にできないのに、口だけは達者で。は？　――あ、今日の事件の事でございますね。はい、お嬢様がご無事だとよろしいのですが。本当に恐ろしい事で……。

夕方の四時を少し回った頃でございました、私が買物から戻って参りますと、居間のドアが少し開いているのに気が付きました。覗《のぞ》いてみますと、だんな様がソファでお手紙を読んでいらっしゃいます。こんなに早くお帰りになるのは珍しいので、具合でもお悪いのかと思いまして、居間へ入りましたが、だんな様はお手紙に夢中で、少しもお気づきになりません。

「あの……」と声をかけますと、ひどくびっくりなさいまして、手にしていた手紙を隠そうとなさいます。――だんな様は、それは冷静沈着な方でございまして、こんなに度を失っておいでなのを見たのは初めてでございました。これはただ事ではない、と感じまして、「だんな様、何のお手紙でございますか？」とお伺いいたしましたが、「いや、何でもないんだよ」と、手紙を握りつぶしてしまわれました。けれどもお顔は青ざめて、何でもないどころではございません。これは何か、よほど大変な事がもち上がったのだ、と思いまして、ぜひその手紙をお見せ下さいと重ねてお願いいたしますと、だんな様も、それは深いため息をもらされまして、手紙を渡して下さいました。それが、その、いま刑事さんがお持ちの手紙でございます。――ええ、よからぬ手紙である事は一目で分りました。新聞の文字を切りばりして作った手紙など、まともなはずがございません。

〈娘は預かった。例のものを用意しておけ。追って連絡する〉

私はもう息が止まるかと思うほど驚きました。「お嬢様が！……雅子《まさこ》様が！」と思わず声を上げました。「だんな様、この手紙はいつ？」と伺いますと、「さっき戻った時、郵便受に放り込んであった」というご返事です。でもさすがに落ち着きを取り戻されていて、お嬢様の部屋を見て来るように私に申されました。部屋へ行ってみましたが、やはりお嬢様はお帰りになっておりません。――はあ、いつもは大体三時半にはお帰りなんですが。

で、私がそうご報告しますと、だんな様は学校まで行ってみる、とおっしゃって、車でお出かけになりました。中学校はここからそう遠くはございません。お嬢様はいつも自転車で通学なさっています。――だんな様がお出かけになりまして、しばらくして、お嬢様の家庭教師の方がみえました。これが若い女の方ですが、大変しっかりして、よくできた方で、お嬢様もだんな様もとてもお気に入りなのでございます。で、その方に事情をお話ししておりますうちに、だんな様がお戻りになりました。……お嬢様はとっくに学校を出ている、との事で、しかも戻る途中、道端の溝《みぞ》に、お嬢様の自転車が投げ出されてあった、と……。これはもう本当に誘拐されたのに違いない、というので、すっかり悲嘆にくれておられました。家庭教師の先生は、やはり警察へ届けなければいけない、とおっしゃって、だんな様も、迷った末、先生のお言葉に従うことに決めました。だんな様は、ご存知の通り、警視総監の梅宮様とお知り合いでいらっしゃいます。で、直接梅宮様へお電話をして、極秘で捜査をしてもらおう、と言われました。すると先生から、警視庁の警部さんで大変優秀な方を知っているから、とお言葉がありまして、だんな様も先生を大変高く買っていらっしゃいますので、梅宮様へ、その警部さんをよこすように、お電話をなさった訳でございます。

……はい、お子様は雅子様お一人でございます。とても可愛い、優しいお嬢様で……。

今、一体どうなさっているのかと思いますと……。一刻も早く誘拐犯人の手から取り戻して下さいませ！

2

「いやあ宇野さん、懐しいですね」

熊のような図体《ずうたい》を助手席に割り込ませて来たのは、原田刑事である。

「何だ、お前も仰《おお》せつかったのか？」

「はあ、よろしくお願いします」

原田刑事が私の部下だったのは、もう五年も前、私がまだ警部補だった頃だ。〝クマキン〟というあだ名で——熊のような大男で、金太郎のような童顔のせいだ——誰からも愛されたものだった。

「じゃ出かけるか」

私は車を走らせた。原田刑事を使える、というので、いくらか気は軽くなっていた。

「——話は聞いてるか？」

「何だか誰かが誘拐されたとかいうことですね」

「新田雅之《まさゆき》の一人娘だ」

「誰です？」

「知らんのか。商社にデパートにスーパーに……ま、あれやこれやの取締役、一手承《うけたまわ》りって奴だ」

「要するに金持なんですね」

「大物だぞ。今度は国会議員にも立候補しようって話だからな」

「でも、何で俺たちが呼び出されたんです？」

「総監が来年で退職だってのは知ってるだろ」

「はあ」

「で、総監も議員バッジに憧《あこが》れてる。新田は総監の友人なんだ。その新田殿下のお嬢さまが誘拐されたってんじゃ、並の扱いはできない。特別優秀——かどうか知らんが、口が堅くて信用の置けそうなのを、あちこちから引っこ抜いて来て特にグループを作った訳だ」

「で、宇野警部がチーフってことで」

「らしいな」

「ま、事情はどうでもいいです。また宇野さんの下でやれるのは嬉しいですよ」

私は原田と笑顔を見かわした。昨日、山奥から出て来たばっかり、という感じの実直さ。ちっとも変らんな、こいつは。

総監に呼ばれて直接命令を受けたのは、四時を少し回った頃だった。今は六時半。三月も半ばで、昼の陽射しは暖かいが、陽が落ちればまだまだ冬の寒さだ。外はすでにかなり暗い。車は武蔵野の木立《こだち》を縫って走っていた。

「――宇野さん」

原田が妙に深刻な声で言い出した。

「うむ?」

「晩めし、食いましたか?」

「いいや」

「向こうで出ますかねえ?」

「たぶんな」

「そうですね。金持なんだからなあ……きっと……」

やせの大食い、などという文句があるが、原田の場合、食欲は体の二乗くらいに比例しているのである。「金持」に安心したのか、原田はシートにどっしりもたれると、例のやつを始めた。これだけは昔から閉口なのである。これがなければ原田を養子にしてやったっていいくらいだ。

想像してみたまえ。三十五にもなる大男が、何とか兄弟から何とかヒロミまで、歌謡ヒットパレードを調子外れにくり広げるところを。私は必死で前方に注意を集中した。

新田邸は、小金井を抜けていくらか小平市へ入った所にある。まだまだ木立の目立つ環境に、真新しい住宅が色鮮やかである。新田邸に着いたのは七時を少し過ぎていた。門柱にもたれて刑事が一人立っている。私を認めると、ちょっと待てと手で合図して、門柱に取付けられたインタホンに呼びかけた。鉄の格子《こうし》扉がするすると開く。私は車を乗り入れた。

モダンな近代住宅の見本のような邸宅である。直線と曲線で幾何学的に構成された白い巨大なコンクリートブロックとでも言おうか。

玄関のドアの真中で青銅のライオンがこっちをにらんでいる。口からさがった輪っかを引くと、厚いドアの向こうでチャイムの鳴るのが聞こえた。豚が風邪をひいたような官舎の玄関のブザーとは違って、こちらはヨーロッパの教会の鐘でも鳴らしているのかと思う、深い、いい響きだ。

「いい音だな」

「はあ」

原田が肯《うなず》く。「うちのアパートにつけたいですな」

「あれは鳴り響く空間があるから、いいんだ。公団住宅じゃ無理だよ」

ドアが開いて、修道女――いや、家政婦とおぼしき女性が立っていた。

「警視庁から参りました。ええと……」

「女中の岡本嘉子です」

「捜査一課の宇野です。これは原田刑事」

「お入り下さい」

きびきびとした動作のせいか、ぴんと張った背すじのせいか、ほころびてなるものかときつく結んだ口元のせいか——どう見ても彼女は女学校の生活指導担当教師だ。

厚い絨毯《じゅうたん》を踏んで私たちは居間へ通された。

「ここだけでうち全部の三倍はありますね」

原田が豪勢な室内を眺め回し、目を丸くして言った。

先に到着していた刑事たちが、居間の奥の電話機に、親子電話と録音用のテープレコーダーをセットする作業をしていた。

「やあ、宇野警部」

顔見知りが気づいて、「もう十分ほどで終りますよ」

「なあ」

原田が、電話の取付けをやっている刑事に声をかけていた。「晩めし、出たかい？」

新田雅之が入って来た。

想像していた実業家タイプとは似ても似つかなかった。もっともこれが現代的な実業家なのかもしれない。どちらかといえば細身で、顔は健康に陽焼けしており、実際は五十代も後半のはずだが、四十七、八にしか見えない。強い意志を感じさせる顔立ちは、どこか人を魅了するものがある。――これなら選挙へ出ても当選するだろう、と思わせた。

私はソファの一つに腰をおろし、新田から脅迫状を見つけたいきさつをきいた。

「すると三時四十分頃、お帰りになると、郵便受に脅迫状が入っていたわけですね」

「そうです」

新田の声は低く、それでいて張りがあった。内心は動揺しているのだろうが、顔にも声にも、そんな様子を現わすまいとしている様だった。

「封筒は？」

「封筒には入っていませんでした」

「裸のままですか？　手紙だけが？」

「そうです。折りたたんでもいませんでした」

「それは珍しい。変っていますね」

ちょうど鑑識の早川《はやかわ》がふらりと居間へ入って来た。この道二十年のベテランで、もう四十代も半ば、上司は何度も昇進させようとしたのだが、その度に断り続けて来た変り者だ。いつか私に言った事がある。

「いいかい、若いの（彼にかかると警視総監だって『若いの』になる）、鑑識の人間はな、鼻を失くしちゃおしまいなのさ。何でもかぎ分ける鼻をな。それにゃ毎日、現場を足で歩き回るこった。ほやほやの仏さまや足跡と、いつもお付合い願ってなきゃいけねえのさ」

ちょっと見たら、公園のベンチで寝ている浮浪者かと思うような、よれよれの服装で、片手に脅迫状をぶら下げていた。

「よお、早川さん」

「何だ、お前さんか。こいつはそっちへ任せたぜ」

と脅迫状を渡してよこす。

「何か出たかね?」

「こちらのだんなと、あのおばさんの指紋だけだ。後は署へ戻ってからでねえと」

「切り抜いた新聞は?」

「A新聞だね、大体は。三つばかしM新聞も混ってる」

「ありがとう」

「じゃ、俺は表の郵便受を見て来るぜ。無駄だと思うがね」

私は脅迫状を眺めた。ごく普通の上質紙に新聞から切り抜いた文字がはりつけてある。新田が一度手で握りつぶしたせいで、しわになっているし、そのためにはがれかけていたり、ねじれている文字もあるが、落ちた文字はないようだ。

「なぜあの方——ええと——岡本嘉子さん、でしたね、あの人に隠そうとなさったのですか？」

「分りません。……嘉子はもう十五年、この家にいますし、打ち明けるのが当然でしたが……気が転倒していて……」

確かにこんな手紙を平気で読める人はあるまい。

「〈例のものを用意しておけ〉とありますが、例のものとは？」

「金のことでないとすれば見当がつきません」

新田は戸惑った様子で首を振った。

「犯人から連絡があれば分るでしょう。今、他の班が学校付近で目撃者がないか聞き込みを続けています」

「どうもお手数を……」

「いや、あなたもご心配でしょうが、あまり気を張りつめない様に。体が持ちませんよ」

「いや、私は大丈夫です。雅子がどこでどんな目に遭《あ》っているか知れないのに、私だけが楽をしてはいられません」

きっぱりとした口調ゆえに、余計胸に迫るものがあった。

「お嬢さんは、おいくつですか？」

「十四歳です」

「写真がありますか？　できるだけ最近のものがよろしいんですが」

「そうですね。……上の雅子の部屋にあると思います。机の上の写真立てに、ボーイフレンドと撮ったのが入っていますよ」

「拝見してよろしいですか？」

「ええ、構いませんとも」

原田と二人で、教えられた通り、二階の取っつきのドアを開けた。

「ねえ。宇野さん、晩飯は……」

「もうちょっと待てよ」

明りをつけると、まず正面の壁に目を奪われた。

「こりゃすげえ！」

原田が声を上げた。壁につくりつけた棚のいく段にもわたって、あらゆる大きさと色と種類のぬいぐるみが並んでいるのだ。犬、猫、タヌキ、熊、パンダ……。四十はあろう。デパートの売場がそっくり引っ越して来たような観があった。

「宇野さん、これ一つでどれくらいするもんか知ってますか！……凄《すご》い！……大したもんだなあ」

感心する方は原田に任せて、私は部屋を見回した。若い女の子の部屋らしく、カラフルで、雑多で、適当にロマンティックである。机の上の写真はすぐ見つかった。髪を長く肩に垂らした、ほっそりした少女が笑っている。肩を寄せ合っているのは、少女に劣らず髪の長い少年で、すごいのっぽだ。

私は写真を写真立てから外してポケットに入れると、机の引出しを開けてみた。プライバシーの侵害と言われそうだが、何かの手がかりが見つかるかもしれないのだ。

日記帳があった。ややためらったが、一番新しいページをめくってみた。一昨日《おととい》の日付になっている。

「×月×日（火）

今日は久しぶりでパパが早く戻って来たので学校で作ったワンピースを見てもらおうと思ったのに、忙しいからと追い払われた。

とてもさみしい。嘉子さんもパパの味方ばかりしているし、新しいお手伝いさんはつんとすましている。――パパは私を嫌いだ。でも、だからって、私はどうすればいいんだろう。誰か私に教えて下さい」

私は、そっと日記帳を引出しへ戻した。十四歳の少女の日記か、これが。何かあるのだ。何か。――急に、この明るい部屋が、寒々として来た。

「いやあ、大したもんだなあ」

原田はまだ感心している。

「おい、行くぜ」

「はあ。……宇野さん」

「うむ？」

「晩飯はまだですかね」

――階段を降りて、居間へ行こうと向きを変えたとたん、大きな盆を持った娘とぶつかりそうになって、つんのめりながらあやうく立ち止まった。

「おっと！」

「あ……」

「いや、どうも失……」

念のために申し上げておくと、この「失……」の後には「礼」がつづく所なのである。これがなくては「礼」を「失」した事になるのかもしれないのだが、この場合、そんな事はお互い、どうでもいいのである。

「君は！」

唖然《あぜん》とする私。

永井夕子はにっこり笑って、

「お久しぶり、警部さん」

3

　あの〈幽霊列車〉の事件からもう半年近くになる。当節の女子大生などおよそ私の理解を絶した生物なので、〈そのうち、きっと警視庁へ訪ねて行きます〉という手紙の文句を当てにもせずに、それでも手紙を定期入れにしまって持ち歩いていたのだが、それがこんなところで会うことになろうとは……。

「君は……何してるんだい？」

「ご挨拶ねえ、懐しの恋人に。もう少し嬉しそうな顔できないの？」

　私は傍でこのやりとりを目を丸くして見ている原田に気がついた。

「おい、ちょっと先へ行ってくれ」

「はあ……ですが、その……」

「ちょっと個人的な用事なんだ」

「はあ、ただ……」

「何だ、一体？」

「その盆のクッキー、一ついただいても……」

「さっさと持ってけ！」

　原田が行ってしまうと、

「さて、と。――君はどうしてここに？　アルバイトにお手伝いでもやってるのか？」

「失礼ね。私、雅子さんの家庭教師なのよ」

「そうか。いや、しかし偶然だな」

「そうでもないのよ」

「――なるほどね」

階段に腰を下ろした私は夕子の説明を聞いて、少々ふてくされた。「総監が僕を選んだのは、優秀だからだと思ってた」

「あら、同じ事じゃないの。私が優秀と認めたんですもの」

「まあね……」

私は立ち上がって、「ま、君に訊きたい事もあるし、ちょうどいい」

「あら」

と私の顔を見つめて、「私、まだ独身よ」

「？」

「それが訊きたかったんじゃないの？」

私は咳払いして、

「ま、それはともかくだね……」

そこへ岡本嘉子がやって来た。

「あ、警部さんも先生もこちらで。あの、お食事の支度ができましたので。食堂の方へ」

「私、お手伝いするわ」

「まあ、先生すみませんね。町子《まちこ》さんが今日お休みなので……助かります」

夕子は食堂へ行き、岡本嘉子は居間へ顔を出すと、

「だんなさま」

「ああ、できたかね？……皆さん」

と居間にいる刑事たちへ、「簡単なものですが夕食を用意しました。どうぞ」

ソファから真っ先に立ち上がったのは、言うまでもなく、原田刑事である。

犯人から電話がいつかかって来るかも知れないので新田本人と刑事一人が居間に残って食事をとることになった。私は夕子と並んで食卓についた。

「簡単な食事」は、さしもの原田の名物胃袋をも充分に満たしたようだ。みんなが居間へ戻って行った後、私は夕子と二人で残って、食後のコーヒーをわざとゆっくり飲んでいた。他に誰もいなくなると、私は彼女に雅子の日記のことを話した。

「なぜなんだ？　どうして新田は自分の娘を嫌ってるんだ？」

「雅子さんは正式の奥さんの子供じゃないのよ」

私ははっと胸を衝《つ》かれる思いだった。そうだったのか。

「新田さんの奥さんが亡くなって確か十五年でしょ。雅子さんは十四よ」

「そうか。気がつかなかったよ」

「雅子さんは、新田さんが、どこかのホステスに生ませた子なのよ。その人が事故で死んで、雅子さんは五年くらい前にここへ引き取られて来たの。でも新田さんにすれば体面上の問題もあって、余り愉快じゃなかったのね。もちろん学校にもやり、小遣いも充分に与えてはいたけど、父娘として打ち解けて話すことを決してしないの。雅子さんにはそれが一番辛いことなのに……」

「だが、今度の件ではずいぶん心を痛めているようだよ」

「命にかかわる、となればね。……でも、これで雅子さんが無事に戻って、二人の間が巧く行けば、いうことないんだけど」

「そうなってくれればいいがね。いや、どうしてこの事を教えてくれなかったのかなあ、総監は」

「これは秘密なのよ。ほとんど誰も知らないはずよ。私は雅子さんからじかに聞いたんだけど」

私は肯いた。あの日記と、夕子の話から、孤独な少女の像が浮かんで来るようだった。

「ところで、警部さんには、お変りなくって？」

居間へ戻る途中で彼女が言った。

「ちっとも。君の方は？」

「まあ何とか来年、卒業できそうね。他にはとりたててニュースなし」

「探偵稼業の方は？」

「不景気ね、世相を反映して」

と微笑んで、

「面白い事件ってないもんね」

「そう度々あっちゃ困る」

——いいタイミングだった。居間へ入ったとたんに、電話が鳴りだしたのである。

私は素早く取りつけた電話へかけ寄った。

「新田さん、一、二、三で受話器を上げて下さい、いいですね」

「分りました」

落ち着いてはいるが、さすがにやや青ざめて肯く。

部屋にいる刑事たちが、映画のストップモーションのように、動きを止めて見守っている。新田と私は並んで二つの受話器に手をかける。私が数えた。

「一、二、三」

二つの受話器が同時に上がる。テープレコーダーが自動的に回り出した。

「もしもし、新田ですが……」

「新田さんだね。電話を待っていたはずだ」

送話口をふさいで、相手の声に聞き入る。故意にアクセントのない、平板な話し方をしている。声がひどくこもっているのは、送話口をハンカチで包んでいるのだろう。これでは判別は難しい。

「君は誰だ？」

新田が問い返す。

「そんなことはどうでもいい」

やや間を置いて相手が答える。「一度しか言わない。娘は無事だ。明日までに二千万用意しろ。同じ時間に連絡する。金は五千円札と千円札。一万円はだめだ。使った札で用意しろ。新券、通し番号のものは入れるな」

「しかし、娘は——」

切れた。

新田は、大きく息をついて受話器を戻した。私はすぐさまテープをプレイバックした。

「妙な声ですね」

原田が言った。

「特徴らしいものはないな。少しも震えていない」

「ということは、かなり計画的な犯行ってことですね」

「いずれにしてもテープを鑑識へ回しておけ。新田さん、どうなさいます？」

「金は惜しくありません。用意しますよ」

「明日までに？」

「できると思います。銀行の幹部に頼みましょう」

「では私もご同行します。事情を説明して極秘にしてもらえれば好都合です」

「お願いします」

夕子は居間の隅で何やら考え込んでいた。

「何を考えてるんだ？」

「あのテープの声……」

「どうかしたかい？」

「大した事じゃないけど。何だか妙な……」

「何が？」

「何となくよ。……考えすぎね、きっと」

私は、他の刑事たちのうち、一人を残して帰らせることにした。私はここへ泊り込みだ。指示をしている時、鑑識の早川が入って来た。

「何も出んよ、郵便受からは。まあ大体期待はしていなかったろうがね」

「ご苦労さん。それが犯人の声のテープだ。分析してみてくれ」

「あいよ。もう帰らしてもらうぜ」

「いいとも」

「じゃ」

と帰りかけて、「ああ、郵便受に新聞が入ってた。置いとくよ」

新聞を二部、テーブルに投げ出して出て行った。全く変り者だ。

「君はもう帰った方がいいだろう」

私は夕子に言った。

「あなたは?」

「僕はここへ泊る」

「そう。じゃ明日」

「明日?」

「気になるもの。また夜来てみるわ。それに、あなたも私に会いたいだろうし」

私は慌ててあたりを見回した。彼女はいたずらっぽく笑い、それから真顔になって、

「雅子さん、無事だといいけど」

と呟いた。

「じゃ、さよなら」

「ああ、気をつけて」

居間を出ようとして、夕子はテーブルの傍で、ふと立ち止まった。さっき早川の持って来た新聞が置いてある。それをじっと見ていたと思うと、手に取って一部ずつ広げている。

「何してるんだい？」

私は歩み寄った。

だが私の言葉など耳に入らないようすで、夕子はじっと目を見開いて新聞に見入っている。

「何か出てるのかね？」

「――ね、見て――これ、朝刊よ」

「ああ、そうだね」

「朝刊と夕刊が一緒に。でも、そんなことが……」

私はあっけに取られて彼女を見ていた。

「新田さん」

彼女は居間の奥にいた新田に声をかけた。

「何か？」

けげんな面持ちでやって来ると、新田は私と彼女の顔を見比べていた。

「新田さん」

彼女は興奮を押えた声で、「あなたが脅迫状を見つけたとき、新聞が一緒に入っていましたか？」

「いや。他には何も入っていなかったが……」

「脅迫状は完全に下に落ちていたんですね？　つまり郵便受の箱の底に？」

「そうですよ。それが何か……」

「ちょっと！」

彼女はいきなり私の手を取ると、ぐいぐいと引っ張って歩き出した。

「おい！　どうしたんだ」

「いいから、来て！」

有無《うむ》を言わさず、私を連れて、彼女は食堂へ入って行った。岡本嘉子が食事の後片づけをしている所だった。

「嘉子さん」

「あら、先生ですか。何か？」

「ちょっと伺いたいんだけど」

「何でしょう？」

「ここでは新聞は誰が取ってくることになってるの？」

「町子さんですよ。新しい女中――お手伝いさんで、今日は休みですけど」

「じゃ今日は嘉子さんが？」

「いえ、朝刊は町子さんが出かける前に取っておいたようですよ」

「確かに？」

「と、思いますけど、今朝、八時頃前庭へ出たとき、郵便受を覗いてみると何もないんで、これはきっと町子さんが取っておいたんだな、と思ったんです」

「朝刊と夕刊が一緒になって入っていたのよ」

「まあ。それじゃ入れ忘れてたのかしら」

「そうかしら。ね、嘉子さん、新聞の販売所の電話を教えてくれる？」

彼女は電話番号を聞くと、さっさと居間へ戻り、電話をかけた。こっちはまるで立場なしだ。新田は物問いたげに私を見るし、他の刑事も、一体この娘、何してるんだ、とあっけに取られている。しかし私としても訳が分らないのは同様だ。それに彼女は何かをつかんでいるらしい……。

「確かですね。……はい、分りました。ありがとう」

彼女は電話を切ると、私の方へ向いて、

「朝刊は六時半に、夕刊は夕方五時半頃に、ちゃんと配ったと言ってるわ」

「それがどうかしたのかい？」

「わからないの？　朝刊はちゃんと入れてあったのに、八時に嘉子さんが見た時、郵便受にはなくって、夕刊と一緒に入っていた。ということは……」

「何だい？」

「朝刊が郵便受の差入口にはさまって、郵便受の底に落ちていなかった、ということよ」

「……そうか」

「分った？　脅迫状は、朝八時、嘉子さんが覗いた時にはまだ郵便受に入っていなかった。そして夕方四時前に新田さんが脅迫状を見つけた時には、朝刊は郵便受の箱の中へ落ちていなかった。つまり、脅迫状が入れられた時には、朝刊は差入口にはさまったままだったのよ」

「しかし」

私は言った。「そんな事はありえない！」

「そう」

彼女は肯いて、「ありえないわ」

「それはどういう意味かね」

新田が口を挟んだ。「脅迫状は確かに入っていたんですよ」

「と、すると、どういう事になりますか？」

不可解な沈黙が一瞬、居間を支配した。今にも何かが起こりそうな、静寂――。

「結論はこうなります」

夕子が言った。

「脅迫状は内側の取出口から郵便受に入れられたのです」


「センセーションだよ、ちょっとした」

「美貌ゆえだといいんだけど」

「みんなが君のことを何者か不思議がってるよ。説明にひと苦労だ」

「シャーロック・ホームズの遠縁だとでも言っておいてちょうだい」

私は永井夕子を送って、夜道に車を走らせていた。最寄りの駅まで、歩けば二十分の道のりだ。

「しかし、君は犯人かその共犯者が、あの家の人間か、あそこに出入りした人間だ、とほのめかしたんだよ」

「ほのめかしてなんかいないわ」

彼女は抗議した。「断言したのよ」

車は黒い林の中を縫って走っていた。遠くにちらちらと黄色い灯が見え隠れする。

「あれが駅だな」

「ね、嘉子さんの話の中で、新田さんが脅迫状を嘉子さんに見せたがらなかった、っていう所があったわね」

「ああ。まあ、とっさのことで、無意識に、だったんだろうがね」

「かもしれないけど……」

「そうじゃないって言うのかい？」

「としたら？」

「うむ。——そうか、もし内部の者が、あの脅迫状を作ったのなら、新田さんにはそれが誰か分っていたのかもしれないない」

「だから隠そうとした」

「あり得ることだね」

夕子はため息をついてシートに身を沈めた。

「いやな事件ね、誘拐なんて」ぽつりと、呟くように言った。

車を駅の少し手前へ停める。

「ここでいいかい？　駅前まで行くとUターンできなくなる」

「うん。ありがとう」

彼女は自分でドアを開けて、表へ片足を降ろしたが、ふと思い直した様に振り向くと、シートに体を戻し、私の方へわずかに寄って来た。何だい？　と訊く間もなく、彼女の唇が私の唇をふさいでいた。

柔らかなその感触に、私は以前、一夜だけこの腕に抱いた彼女の若々しい、信じられないほどしなやかな身体を、昨日のもののようにまざまざと思い起こした。

腕をのばし、肩を抱こうとすると、彼女はすっと身をひいて、

「変らないわね、これも」

とにっこり笑った。「また明日」

夜道を足早に去って行く後姿を眺めながら、私は頰が少年のように上気しているのを感じた。——何だ、いい年齢《とし》して。全く！

帰り道、私はやたらに威勢よく、車をすっとばした。

4

小ぢんまりとした、山小屋風の家だった。玄関の呼鈴を押すと、少したってから、ずんぐりと太った赤ら顔の男が顔を出した。年齢は五十を少し越したくらいだろう。警察の者ですが、と告げると、珍しげに私を眺め回しながら、中へ入れた。どことなく人を食ったような、小馬鹿にした様子がある。

広くはないが、様々な調度で埋った応接間へ通された。勤務中ですから、と勧められたウイスキーを断ってソファへ浅く腰をかける。

「西尾《にしお》真治《しんじ》さんですね」

「そうですが、何か？」

「新田さんをご存知ですね、この少し先の」

「もちろん。ちょくちょくお邪魔もしてるし、お付合願ってますがね」

「実はこれは絶対に秘密にしておいていただきたいのですが、昨日、新田さんのお嬢さんが誘拐されたのです」

「何ですって！」

西尾は目を見張った。

「で、犯人は？」

「まだ分っていません」

「娘さんもまだ戻らないのですか？」

「残念ながら」

「それは心配ですな。金目当てでしょうか」

「おそらくそうだと思います」

「で、私に何か？」

「はあ。実は昨日、あなたが新田さんのお宅に立ち寄られたと聞いたので、何か変ったことや、妙な人間にお気付きにならなかったかと思いまして伺った次第です」

「ああ、なるほど、そうですか。いや、しかし……」

としばし眉を寄せて考え込んで、

「残念ですが、何も思い当りませんな」

私は昨夜、岡本嘉子に、その日の訪問客について訊いた時のことを思い出していた。

——そうですね、と彼女は言った。お昼すぎに、西尾様がおみえになりました。はい、ここから五分ほどの所にお住いで。だんな様の軍隊時代からのお知り合いだとか……。どこかそっけない口ぶりに、私は気づいて、あなたはあまり好感を持っておられないようですね、と言った。彼女はちょっとぎくりとした様だったが、すぐに固い表情に戻って、あの方はだんな様のお客様ですから、と答にならない答をした……。

「念のために伺いたいのですが、新田さんのお宅へいらしたのは何時頃です？」

「ええと」

西尾はちょっと天井を見上げて、

「一時か……二時にはなってなかったと思いますな」

「失礼ですが、何のご用で？」

「ああ、本を借りに行ったんです。新田さんはずいぶん本を持っておられる。で、留守中でも、好きな時にお邪魔して本を借りて行っていいと言われてますのでね」

それは岡本嘉子も言っていた。しかし、その後、彼女はこう付け加えた。それにしても妙な方で。——何が？　という私の問いに、彼女はちょっと肩をすくめて、本をお借りになるのはいいんですが、ちっとも読まずに返して来られるんです。本当ですよ。新刊本など、返って来たのをめくってみると、まだページの切れてない所があるんですもの。

「本はお好きですか」

「他に楽しみもないのでね。働いていないので、時間は余るし……」

「うらやましい話ですな」

「いや、年金と株の配当で食ってるんですが、楽ではありませんよ」

「分りますよ」

私は肯いてみせた。「あなたと新田さんは軍隊時代からのお知り合いだとか」

「そうです、陸軍でしたな。一緒に死の一歩手前まで行ったものですよ。あれはその記念品です」

と指さした所を見ると、壁に旧陸軍の南部式拳銃がかけてある。

「まさか実弾を撃てるのでは？」

「いや、むろん弾は入っていませんよ」

「そうですか。失礼しました。つい警官というのは気を回しましてね」

と苦笑いして、「ではこれで失礼します」

「何かあればご連絡下さい」

「かしこまりました」

私は席を立ったが、その時、応接間の奥のドアがカチッと音をたてて閉じるのを視界の隅に捉えた。そして微かに香水の匂い――。

私は内心ニヤリとした。このじいさん、なかなかお盛んだわい。

血圧にお気を付けて、とは言わずに、表へ出たのは、もう二時を少し回った頃。この日は朝九時に新田と二人で銀行を訪れて、身代金について打ち合せをし、昼には警視庁へ戻って、誘拐された新田雅子について、誘拐現場付近、学校近辺での聞き込みが全く何の成果もあげていないことを聞いて来たのである。そして今度はここだ。

まだ昼食も取っていない。原田ならとてもがまんしかねるだろう。私は新田邸への道を急いだ。――一つ、気になる事があった。昼食のことではない。あの西尾という男、一体何で食べているのだろう。年金とか配当とか、そんなもので、あれだけの暮しができるだろうか？　それに女……。岡本嘉子の話では、西尾は一人暮しのはずだ。

あの男、どうもひっかかる。つり針なみだ。

「なんだ、もう来てたのか」

食堂へ入ると、永井夕子がサンドイッチをパクついていた。

「落ち着かなくって。どう、様子は？」

「腹ぺこだよ。話は食べながらにしよう」

「欠食児童ね」

彼女は笑った。

岡本嘉子が大皿に山と作ってくれたサンドイッチをつまみながら、私は身代金が夕方銀行から届くこと、他の捜査に進展のないこと、そして西尾のことを話した。

「昨日、この家にやって来たのは西尾一人だったというからね。よく洗ってみる必要があるよ」

「嘉子さんがそう言ったの？」

「そうさ。どうして？」

「別に。ただ、嘉子さんも内部の人間だっていうことよ」

「まさか君は……」

「疑ってるんじゃないの。ただ可能性を言ってるだけよ。私たちの知らないどんな事情があるか分らないんだし」

「それはそうだがね」

「それに、昨日お休みしたお手伝いさん……ええと、町子さんだったわね。私もあまり見てないんだけど。いつも私が来るのと入れ違いに自分の部屋へ戻っちゃうから。……

その人だって、勝手を知ってるんですもの、疑えば疑えないことはないわ」

私は思わず笑って、

「君にかかると一人残らず容疑者だね」

「名探偵の常識よ」

と真面目な顔で言ってのけて、「それに……そうね、私だっていつもこの家に出入りしてるんですもの。うん、これは面白い推理ね」

自己陶酔型名探偵を残して、私は居間へ行った。三時へもう十五分というところだった。

居間へ入って行くと、灰皿を片付けている若い娘が顔を上げた。夕子と同じ年頃だろう。小太りで色の浅黒い、丈夫そうな娘である。町子というのはこの娘だろう。

「君は……」

「私、ここで働いてるんです」

と早口に言った。「昨日お休みしてて、何も知らなくって……」

「町子さん、だね？」

「はい」

「姓は？」

「あ、あの——井上《いのうえ》です」

「僕は警視庁の宇野だ」

「はあ」

井上町子というその娘、ずいぶんと緊張している様子である。まあ警官と話をするとなれば誰でも固くなるのは当然だが。

「いつ来たのかな、今日は？」

「ついさっきです」

「そう、事件のことは嘉子さんから聞いたね」

「はい！」

「昨日は休みだったそうだね」

「はい、ゆうべは実家《うち》に泊って来ました」

「そう。昨日は何時頃ここを出たの？」

「ええと……七時半ごろ……だと思います」

「ここを出る時、妙な人影や車なんかを見かけなかったかね？」

「いいえ、何も」

——返事が早いな。私は内心呟いた。

「君の部屋は？」

「あ、あの……この一階の奥です。裏庭へ出る口のそばで……」

「ここの待遇はどうだね？」

「と――とても結構です」

「ここへ来たのは誰かの紹介で？」

「いえ。斡旋《あっせん》所で言われて。でもそれが何か……」

「いやいや、訊いてみただけさ。まあ、この事件のことはまだ一般には伏せてあるんだ。君も口外しないように頼むよ」

「はい！」

熱を込めて肯くと、「もう、よろしいでしょうか？」

「ああ、ご苦労さん」

汚れた灰皿を手に、井上町子は逃げるように私の脇をすり抜けて出て行った。私はその後を目で追った。こいつは……。

こいつは面白くなりそうだ。豪華なソファに腰をおろして――というより体を沈めて考え込んでいると、夕子がやって来た。

「やあ、ちょっと面白いことがあるんだよ」

「へえ、なに？」

「さっき西尾の家で香水の匂いがしたって言ったろ」

「うん」

「今、井上町子と話したんだがね。――彼女の香水は、西尾の家でかいだ匂いと同じだよ」

「八時ですよ」

刑事の一人が言った。犯人からの電話は八時半。待つ身には長い三十分だ。

「新田さんは？」

永井夕子が訊いた。

「さっき出て行ったけど」

「お庭においでです」

岡本嘉子が言った。

「何をしてらっしゃるの？」

「さあ……」

夕子と私は、廊下の突き当りのドアから、夜の庭へ出た。昔のガス燈に似たデザインの水銀燈が、いくつか輝いて、よく手入れされた広い芝生を青白い光で照らしている。

庭の一隅にレンガ造りの焼却炉があって、新田はその前に立っていた。何か書類でも焼いているのか、黄色い炎が炉の口からちらちらと覗いて、新田の顔を照らし出していた。

私たちが近づいて行くと、新田は顔を上げた。

「やあ、警部さん」

「何をしておいでです？」

「ただ待っているのが堪えられなくて……無用な書類を焼き捨てていた所です」

「なるほど」

「こんな事でもしていないと……。今、何時です？　――いや、結構、知っています。さっきから、五分と置かずに腕時計を見ているんですから」

新田は深いため息をついた。――肩を落としたその様子は、ひどく疲れて見えた。

「きっと無事に戻りますわ」

永井夕子の言葉に、新田は初めて微笑んだ。

「警部さん、あなたももうご存知かもしれないが、雅子は私の妻の子ではないのです……」

半ば呟くように低い声で、新田は言った。

「私は雅子のことを、その存在しか知らなかったのです。顔を見たこともないままに、ずっと生活の補助をしてやっていました。ところが五年ほど前、あれの母親が死に、そのまぎわに、私に雅子を委《ゆだ》ねて行ったのです。私は雅子を引き取りました。しかし雅子はその時、九つ、もう訳も分らぬ子供ではありません。なかなか私になじもうとはせず、私も仕事の多忙さにかまけて、雅子と無理に話そうともしませんでした。いつしか五年がたちました。……学校へやり、いい服を着せ、高い自転車を買ってやって、これで父親の義務は果たしているのだ、と思っていたのです。——けれど、間違いでした！ 雅子を捜しに行って、溝に落ち込んでいる自転車を見つけた時、それに気づいたのです。私の買ってやった物が、雅子にとっては一体何だったのでしょう？ 服も自転車も、雅子を守ってはやれませんでした。父である私が、学校まで、ほんのわずかの距離を、迎えに行ってやっていたら、こんな事にはならなかったのです。……悔《く》やんでも遅いとは分っていても、残念でなりません。今の私にはあの子が必要なのです。あの子が戻って来たら……今度こそ、前のような私たちではなくなるでしょう！」

焼却炉の残り火が、一瞬明るく燃え上がって、新田の顔を照らし出し、消えて行った。

電話が鳴った。八時半ちょうどである。

「いいですか！」

私は新田と並んで受話器に手をかけた。「一、二、三！」

「新田さんだね」

声は言った。「金はできたか？」

「できている」

「よし」

やや間を置いて声が続ける。「金を紙袋に入れて、今夜一時、北ノ池公園へ持って来い。公園の中央の池のほとりにベンチが並んでいる。そこのくずかごに袋を入れて立ち去れ。持って来るのは一人。警官の姿が見えたら、娘の命はない」

「分った。私一人で行く」

「……持って来るのはお前ではない」

声が言った。「娘の所へ来ている家庭教師がいるそうだな。その女に持って来させろ」

私は息を呑んだ。

「待ってくれ！」

新田が言った。「彼女は――」

電話が切れた。――新田と私は顔を見合わせた。

「どうでした？」

刑事の一人が訊いた。

「うむ。今夜一時、北ノ池公園……」

「この近くです」

新田が言った。「歩いても二十分でしょう」

「じゃ私が行きます」

その刑事が言った。「新田さんとは私が一番体つきも似ているし」

「いや、だめだ」

新田は、ソファにかけて、じっと見守っていた夕子の方へ歩み寄ると、

「犯人は金を持っていく役に、あなたを指名しています」

「は?」

5

零時半。金を入れた紙袋を下げた私と夕子は、新田邸を出て、教えられた道を、北ノ池公園へ向かった。霧が出て、冷たい夜だ。

「寒くないか?」

彼女は黙って首を振った。私は嘆息した。行っちゃいかん! ——つい感情的になる私に、彼女は冷静そのもので相対《あいたい》した。お金を置いてくるだけですもの、危険はないわ。それに婦人警官をやるといっても、犯人が私を知っていたらどうなるの? 脅迫状が内側から入れられたことを忘れないで。

三十分の押し問答の後、私は折れた。

「大丈夫か?」

「平気よ。私のことなら心配しないで」

「無理な話だ」

「そう怒らないの。怒ると可愛いけどね」

「冗談言ってる場合じゃないぞ」

「ごめんなさい。だって……本当に大丈夫よ。危険な事なんてないじゃないの」

「夜の公園なんて、大体危険さ」

私は的外れな苦情を言った。

「私なんか誘拐したって一銭も取れやしないもの。大丈夫よ」

「しかし……可愛い娘を見て、妙な気を起こすかも……」

「負けやしないわよ、そうなったら」

と、にっこり笑って、「もし、負けたら……」

「え？」

「もし、負けちゃったら……そうね、愛《いと》しのあなたに操《みさお》を立てて、入水《じゅすい》自殺でもするわ。池もあるしね」

「変なこと言うな！」

街燈もまばらな暗い道が続いて、やがて目指す公園が闇の中にほの白い照明に照らされて、浮き出して見えた。

「あそこね。その袋、私が持つわ」

私は金の入った紙袋を彼女に渡した。

「さ、もうここから一人で行くわ」

「もう少し近くまで」

「だめよ、これ以上は。大丈夫ってば、安心して待っててちょうだい。今、零時四十五分ね」

「ああ」

「じゃ、行ってくるわね」

まるで学校に行ってきます、とでもいうように、気楽に言って、すたすた歩き出す。

彼女の後姿がどんどん小さくなって、公園の中へ消えるのを、じっと見守りながら、私はこんな仕事を押しつけた警視総監を呪い続けた。これだけ呪えば明日まで生きちゃいまい、と思えるほどだった。

実際にはむろん今でも至って健在だが、後で聞いた所によれば、この日、総監は風邪をひいたそうである！

彼女の姿が見えなくなると、公園まで行ってみようかという衝動にかられた。彼女が何か危険に遭遇したら、ここからかけつけて間に合うだろうか？　彼女が悲鳴を上げても、ここまで聞こえるだろうか？　人間の声の届く距離は何メートル、とかいうコマーシャルがあったっけ。それに茂みにひそんだ犯人に、いきなり背後から口をふさがれたら、悲鳴だってあげる暇はないかもしれない。

こうしている間にも、太い指が彼女の喉をしめあげているかもしれない。数人の男たちが彼女を縛り上げて運んでいく所かもしれない。

様々な想像が眼前にちらついて、私はいても立ってもいられなくなった。

よし！　私は断固、公園へ向って歩き出した。一方、私の中には冷静沈着な警察官がいて、眉をひそめていた。いかんな、そんな事をしては、とその男は言う。犯人がお前を見て刑事と気づいたらどうなる？　誘拐された娘の命が危くなるのだぞ。お前は優秀な警察官のはずだ。私情で動いてはならんことはよく分っているだろう。

お説教はごめんだよ！　もう一方の私がやり返す。俺は優秀な警察官なんかでいたくはないんだ。あの夕子って娘に万一何かあったら、俺は一生自分を許せないだろう。俺にとってあの娘は……大事な人間なんだ。何より大事な女性なんだ。職を棒に振ったところで、それが何だっていうんだ！

一人二役、白熱の名演技のうちに公園の入口を入る。細い道を少し回って、すぐに小さな池に出た。池をめぐって遊歩道があり、例のベンチは池をはさんで向う側である。しかし、そう呑気にあたりを眺めている暇はなかった。実際のところ、池が見える所まで出て来て、私は一瞬、はっと立ちすくんだのである。

夕子が男に追われて走って来る！　心配した通りだった！　二つの人影は照明を背後から受けてシルエットとなり、私の方へ走って来た。彼女を助けるんだ！　身構えてから、私は錯覚していた事に気がついた。彼女が追われているのではない。彼女の方が追っかけているのだ。

私は走って来る男の前へ、両手を広げて飛び出した。

「待て！」

男は大柄で、がっしりした体つきだった。私のことなど目に入らないように、真っすぐ突っ走って来て私を突き飛ばした。まるで牛か馬にでもぶつかった様だった。私は横へはじき飛ばされて、あっと思う間もなく池の中へと落ち込んでいた。

「大丈夫？」

やっと池から這い上がると、夕子が心配そうに見下ろした。

「大丈夫だよ」

と無理をして、「奴は？」

「逃げたわ」

「顔を見たか？」

「見えなかったわ、逆光で」

「僕もだ。でも一体何で君が追っかけてたんだ？」

「私にもよく分らないのよ」

と首をひねって、「紙袋をくずかごへ入れて、歩き出したら、後ろの茂みで、ガサゴソ音がしたの。びっくりしてキャッって言ったら、いきなりあの男が飛び出して来て、逃げ出しちゃったのよ。で、何となく私も駆け出したわけ」

「気の弱い犯人だな」

「本当に犯人かしら？」

「というと？」

「ただの浮浪者か何かかも」

「そうだな。どうもそう考えた方がよさそうだ……ハクション！」

寒い。当り前だ。全身ずぶ濡れなのだから。

「ね、戻りましょう。こんな騒ぎじゃ、犯人だって出て来ないわよ」

「そうだな」

それでも念のため、一時二十分まで待ってから、私たちは、紙袋を持って帰路についた。

「風邪ひいたんじゃない？」

「なに、これくらいで……」

「でも、どうして公園に来たの？」

「それは――」

君が心配で、と言いかけて、

「何となくね」

彼女は微笑んだ。

「風邪がよくなるおまじないをしてあげる」

彼女は立ち止まると、私の肩に両腕をかけて、接吻した。

「君の服が濡れるよ」

「いいわよ」

私は小柄な、しなやかな体を抱いた。冷たく濡れた服を通して、若々しいぬくもりが伝わってくるような気がした。

「――ね」

唇が離れると、彼女は言った。

「何だい？」

「今度飛び込むときは、保険に入っておいてね」

私たちは夢にも思わなかったのだ。この時、想像もしなかった悲劇が起っていようとは……。

「宇野警部！」

ただならぬ声だ。濡れた服も、水が入ってゴボゴボ音を立てている靴も頭から消し飛んだ。

「どうした?」

新田邸の門の前で待っていた刑事は、私の姿を認めて駆け寄って来た。

「大変です!」

すっかりうろたえている。

「だから何だ!」

「あ、あの、誘拐された娘さんから電話が……」

「雅子さんから?」

夕子がはっとした。

「犯人の目を盗んでかけてるんだ、と。山小屋にいるから助けて……そう言って切れちまったんです」

「山小屋?」

私は言った。「何の事だろう?」

「ところが」

刑事が続けて、「それを聞いて新田さんが一人で飛び出して行っちまったんですよ」

「一人で? なぜ止めなかった?」

「止めるも何も、あっと言う間に駆け出して……。慌てて後を追ったんですが、裏口から出て林の中を抜けて行ったもので、この暗がりですぐ見失ってしまって……」

「貴様たちそれでも刑事か！」

私は怒鳴りつけた。

「はあ……」

「いつの事だ？」

「十分ほど前で」

「十分！」

「今、他の連中が手分けして捜してますが」

「新田さんも新田さんだ。一人で飛び出して行っちまうなんて。山小屋っていうのがどこか分らんのか？」

「それが岡本さんもご存知なくて」

「飛び出して行ったからには、新田さんは知ってるんだ。今ごろ犯人と対決してるかもしれん」

「待って！」

夕子が鋭く言った。「山小屋ね。雅子さんに聞いた事があるわ」

「知ってるのか！」

「はっきりとは……」

と額にこぶしを当てて、

「確か少し先の家が……」

急にはっとして、「西尾っていったわね、新田さんの友だち」

「西尾？」

私も思い当った。「そうだ！　西尾の家は山小屋風の造りだぞ！」

「その家のことだわ、きっと。雅子さんが山小屋って呼んでたのを憶えてるわ」

「急げ！」

私と彼女と刑事の三人は夜道を全力疾走した。たちまち遠くに山小屋風の西尾の家が見えて来る。

あと五十メートルばかりという時、銃声が闇を裂いて響き渡った。

「しまった！」

続いて一発——また一発。

最後の一発の轟音が響き終えるより早く、私たちは玄関へ達していた。だがドアは開かない。

「ぶち破るんだ！」

私と刑事が力任せにドアへ体当りする。肩の骨が砕けるかと思う勢いでぶち当っても、ドアはびくともしない。

「窓だ！」

私たちは裏手へ回って、光の溢れ出ているテラスへ出た。

テラスのガラス戸は開いたままになっていた。居間の明るさに目がくらんで、一瞬私たちは立ちすくんだ。しかし、目が慣れても、しばし、私たちは動くことができなかった。

信じ難い光景だった。――テラスへ出るガラス戸の近くに、西尾が倒れていた。腹部一面に血が広がって、虚ろな目が天井をにらんでいる。一目で死んでいるのが分った。傍に拳銃――あの南部式拳銃が落ちている。部屋の中央に、新田がうずくまっていた。左腕に傷を負っていて、肩が、あらい呼吸で上下しているが、その眼差しは、西尾のそれよりもさらに生気のないものだった。私たちにも気づいていない。

当然だったろう。新田の腕の中に、写真で見憶えのある少女が抱かれていた。長い髪を床へ流し、両腕を垂らして、青白い顔は瞼を閉じている。明るい色のブラウスの胸に血が無残に広がって――娘は死んでいたのだ……。

「――何てこった」

私は呟いた。

「神様……」

夕子が言った。――無神論者の彼女が、である。

「終戦直後の、あの混乱した時代でした。私は酒に酔って路上で突き当った男と喧嘩になり、相手を殺してしまったのです。それを見ていたのが西尾でした。私と同じ部隊にいた男ですが、ずる賢い奴で、みんなに嫌われていました。西尾は私に逃げろ、と言いました。事件のことは自分が巧くもみ消してやる、俺は警察の偉い奴と近づきがあるんだ。その言葉を、茫然としていた私はすっかり信じ込んでしまったのです。西尾は、ただし、万一俺が疑われるようなことになったら、俺も女房持ちだし、本当のことを言わない訳にいかなくなる。だからこの殺しをやったのは自分だと一筆書いておいてくれ、と言うのです。愚かな事に、私は言われるままに証文を書き、拇印《ぼいん》まで押しました。西尾は、ぎりぎりの事態になるまでこの証文は使わない、と約束して、私たちは別れました。その後事件の方はどうなったのか、おそらく、ありふれた喧嘩としてろくに捜査もされなかったのでしょう。私もいつしかそんな事は忘れ去っていました。――それから二十年もたって、ある日突然西尾が会社へ訪ねて来たのです。彼は就職口を世話してくれと言いながら、あの証文を取り出して見せました。恐喝だ、とすぐ悟りました。しかし、いずれにせよあの殺人は時効になっているし、私は法的には何ら責任を負わされる事はないのです。私は黙って彼を帰らせてしまえばよかったのです。……しかしその当時、私の失脚を狙う幹部との間に厳しい対立があり、また私は政界への進出を夢見ていました。軍隊時代、そんな話をした事があったので、西尾は知っていたのです。政治家になろうとする者にとって、殺人の経歴はやはり致命的です。――私は金を払いました。これ切りだ、と念を押して。それ以来十年間、私は払い続けて来たのです」

新田は言葉を切った。西尾の家の応接間である。部屋は私が西尾と話をした時そのままだが、失われたものが二つある。主人の西尾と、壁の南部式拳銃である。

新田は左腕に包帯を巻き、まだ青ざめた顔色をしていた。隣の居間には、まだ娘の雅子と西尾の、二つの遺体があるのだ。

「この家も」

新田は部屋を見回して、「私が買ったのです」

「毎月の支払いは、本に挟んでいたのですね」

「そうです。彼は証拠が残らないように、と小切手などを使わせなかったのです。月に三度、私は西尾に本の名を連絡し、彼は私の留守中に本を取りに来ます。私は本のカバーにもう一枚カバーを重ねて、その間に金を挟んでおくのです」

私は肯いた。応接間には、私と新田の他には、夕子が少し離れて坐っているだけだった。彼女の表情にも苦悩の翳《かげ》が色濃く滲《にじ》んでいる。

「誘拐犯が西尾だという事は、初めから分っていらっしゃったんですか?」

新田は力なく肯いた。

「打明けておいて下されば」

私は嘆息した。

「――ま、今さら言っても仕方ない事ですが」

「申し訳ありません。まさか西尾が雅子を自宅に置いているとは思ってもいませんでしたから、もしお話しして、雅子に万一の事があっては、と……」

たとえ何が起ころうと、これほどひどくはなかったろう、と思った。

「最近、やや事業の方が不況のあおりで思わしくなかったのです。それで西尾へ一度支払いを三日ほどのばしてくれるよう言ったのですが……。西尾は私が何か企《たくら》んでいるとでも思ったんでしょうか、ここで大金を取って姿をくらますつもりだったようです」

「しかし、また金に困れば、ゆすりに来たでしょう」

「おそらくは……。でも金は惜しくなかった」

新田は顔を両手で覆った。「二千万が何でしょう。雅子の命に比べれば。それが……それが……私自身のせいでこんな事になるとは……」

私は黙っていた。メモを取る鉛筆も動かなかった。

「『助けて！』という雅子の言葉を聞いたとたん、もう何が何だか分らなくなってしまったのです。助けに行かなくては、とそれだけを考えていました。いつの間にか裏手の林の中の道を抜けて、あのテラスへ来ました。西尾が雅子に銃を突きつけています。電話した事を知ったのでしょう、表情に殺意がはっきりと見えていました。私は中へ飛込みました。西尾は私に向けて一発撃ちましたが、左腕をかすめただけでした。激しく銃を奪い合い、その時、一度銃が暴発しました。そしてもみ合いながら、銃口を西尾の腹へ向けて引金を引いたのです。西尾は崩れるように倒れました。『すんだよ！』と私は言いました。

『助かったんだよ、雅子』——雅子は倒れていました。胸に血が……そしてどんどん広がって……。暴発した一発が当ったのです。信じられない！ 今でも信じられない！」

血を吐くような言葉だった。

私と夕子は表へ出た。救急車が停っていて、ちょうど遺体が家から運び出される所だった。

担架が白い布に覆われて出て来る。夕子が、初めの担架に歩み寄って布をめくった。新田雅子の十四歳の死顔は、静かで、寂しげだった。

〈とてもさみしい〉

あの日記の一節が胸にこだました。永井夕子は、布を戻して離れた。

「あまり自分を責めるなよ」

私は言った。

「あなたなら、責めずにいられて？」

「うむ。……分るよ。だがこの責任は僕にある。僕の手落ちだよ」

彼女が何か言いかけた時、もう一つの担架が出て来た。それが私たちの前を通りすぎようとした時だった。一人の娘が私たちの横をすり抜けて、担架に走り寄った。そして布をさっとめくると、叫んだ。

「父さん！　ああ！　父さん――」

そして娘は崩れるように倒れた。私たちは慌てて駆け寄った。ぐったりと気を失っている娘は、新田家の女中、井上町子だった。

「――父さん、と言ったわね」

「ああ。西尾の娘だったのか。彼女の香水がこの家で匂ったのも当然だ……。誘拐の共犯だったんだろうか？」

救急車の係員が、町子を西尾の家の中へ運んで行った。

「君はどう思う？」

私は振り返ったが、夕子の姿はなかった。遠くに、新田邸の方へ走って行く彼女の後姿がちらっと見えた。――どうしたというんだ。私は頭を振った。

新田邸には新聞記者とカメラマンが山とつめかけていた。新田は深い心痛を極力押えて、記者たちに会った。

「後にしては？」

私は気遣って言った。

「いえ」

新田は首を振って、「はっきり申し上げておいた方が。過去も、すべて……」

新田は過去の殺人から今回の悲劇に至るまでの話を、淡々と、細大洩らさず語り尽くした。聞き入る記者たちも、神妙な様子であった。

話を終ると、新田はさすがに疲れた様子で自室へ引き取って行った。続いて私が集中攻撃を受ける番だった。私は警察側に手落ちのあった事を認めぬ訳には行かなかった。新田については、過去の殺人は再調査してみることになろうが、時効になっていることでもあり、責任を問われることはあるまい。今回の件については、正当防衛の範囲か、過剰防衛とみなされるか、私では判断できない、と話しておいた。

誘拐事件の詳細な経過などの説明に手間どり、終ったのは明け方であった。

警察の失敗にはもう一つおまけがついた。あの失神していた女中、井上町子――実は西尾の娘が、西尾の家から姿をくらましてしまったのである。やはり誘拐の共犯だったのだろう。

翌日の新聞、テレビニュースなどの報道は、そろって新田に同情的だった。当然のことだろう。そしてまた当然のことながら、警察には手厳しかった。

身の振り方でも考えとかなきゃな。私は苦々しい思いで、新田邸を後にした。しかし何よりもあの少女の寂しい死顔が、胸に焼きついて離れなかった。

6

すでに日が落ちて、もつれ合う木々が黒い一つの影となって溶け込んでいる。――その中を、足音が抜けて行った。枝を騒がす風の音に混じって、ザッザッと規則正しく、落ちつもった枝や葉を踏む音が聞こえる。その人影は、林を抜けて、山小屋風の家の庭へ進み出た。その家は、すっかり燈も消えて、人がいるとも見えなかったが、人影はそろそろと用心深い足取りで、テラスへ歩いて来た。テラスから中へ入るガラス戸が、開け放たれている。ちょっとためらいを見せてから、人影は中へ入った。

室内はひっそりと闇の中に眠っている。人影は闇の中でどうしていいのか迷っている風だった。――急に明りがついた。

「来ましたね」

スイッチの所に、永井夕子が立っていた。

「この呼出しの手紙は……」

「私が出しました、新田さん」

「なぜかね？」

新田は眉をひそめた。「ずいぶん謎めいた手紙だが……。〈何もかも知っている〉というのはどういう意味かな？」

「文字通りです。今度の事件の真相を、私がすべて知っている、という事です。初めにご忠告しておきましょう。紙を完全に燃やそうと思ったら、きつくねじらない事です。ねじってあると、芯の部分が、しばしば燃え残ります」

「何の話か分らないね」

「あなたが、私と宇野警部の前で焼却炉にくべていた書類……。あの一番下に、丸めた新聞紙がありました。もちろん大部分は燃えてしまいましたが、ごく一部は残っていたのです。でもそれで充分でした。文字を切り抜いた跡がはっきり認められるからです」

新田は無表情のまま、黙っていた。夕子が、大型の封筒を取り出した。

「ゆうべ、あなたが記者会見をしている間に、私は焼却炉をかき回してこれを見つけました。そのまま警察に届けてもよかったのですが、雅子さんが、あなたを愛していたのを考えて、あなたに自首する機会を与えようと思ったのです」

新田が上着のポケットに手を入れた。その動作の性急さが、夕子に危険を直感させた。彼女がソファから、ばね仕掛の人形のように、飛び出して床に伏せた。同時に、轟音を響かせて、新田の手元から火が走ると、ソファの背に穴があき、中の詰め物が飛び散った。

「銃を捨てろ！」

鋭い声が飛ぶ。

新田ははっと室内を見回した。四人の刑事が拳銃を構えて自分を取り囲んでいるのを見ると、大きく息をついて、手にしていた南部式拳銃を捨てた。そして夕子をじっと見つめながら、言った。

「君の勝ちだ」

「私の考えが足りませんでした」

夕子は言った。「雅子さんを救えなかったことで、私は一生自分を責め続けるでしょう。それはともかく、今はまず私が真相に気づくに至った筋道をご説明します」

新田邸の居間には、私と刑事たち、それに梅宮警視総監が同席していた。西尾の家での新田の逮捕からすでに五時間余、やがて空も白みかけようという時間だったが、居間には重苦しいほどの緊張が漲《みなぎ》っている。その張りつめた絃《げん》をかき鳴らすように、永井夕子の声が続く――。

「私は前に、この部屋で脅迫状が郵便受に外から入れられたはずのないことを説明しました。そして、脅迫状は内側から入れられた、と結論したのです。――それが大きな誤りでした。当然、結論はもう一つあるべきだったのです。それは、脅迫状は初めから郵便受には入れられていなかった、という可能性です。

さて、新田の言葉によると、脅迫状は封筒にも入れず、折りたたみもせずに郵便受に入っていたとの事です。けれどそんな事がありうるでしょうか？　たとえ内部の人間にせよ、郵便受まで、裸のままの脅迫状を持って歩くような危険を誰が冒《おか》すでしょうか？　新聞の切り抜きを貼りつけた手紙など目立つに決まっているのに、です。それに脅迫状には新田と嘉子さん以外の指紋はありませんでした。とすると、その手紙を郵便受に入れた人間は、手袋でもはめていたのでしょうか？　――要するに脅迫状が郵便受に入れられていたとは、とても考えられない訳です。では事実はどうだったか？

状況はこうでした。新田は脅迫状を見ていた。嘉子さんがそれを見た。実は嘉子さんは新田がそれを受け取った所を見たわけではないのです。もし私たちが折りたたんでもいない手紙を読んでいる人を見かけたらどう解釈するでしょう？　――そうです。その人は自分で書いた手紙を読み直しているのだ、と思うのではありませんか？　この場合もそうだったのです。新田は自分で作った脅迫状を見直していたのです。ところが、手紙を見た嘉子さんは、それを新田が受け取ったのだと思い込んでしまったのです」

「すると」

警視総監が口を挟んだ。「新田は自分の娘を誘拐するつもりだったのか」

夕子はテーブルに置いてあった証拠品の脅迫状を取り上げて、私たちの方へ示した。

「見て下さい。この手紙には名前が一つも出て来ません。『娘は預かった』とあるだけで、雅子さんの名はないのです」

「しかし――」

総監が言いかけた。

「この事件には、もう一人、娘を持っている人間が関係していました」

「西尾だな」

私が言った。

「そうです。新田はこの十年の間、西尾にゆすられ続けて来ました。それは新田自身の説明の通りです。最近の不況で支払いが思うに任せなくなった新田は、この辺で何とか片をつけたいと思っていたに違いありません。ところがそんな新田の気持を薄々感づいていた西尾は、新田の動きを見張らせようと、新田の全く知らない、娘の町子（と自称していた娘）をお手伝いとして送り込みました。新田は何かのきっかけでその事を知り、町子を誘拐して、西尾から証文を取り戻そうと考えついたのです。町子を誘拐するのはたやすい話です。そこでまず脅迫状を作り、あとは町子が休暇を終えて帰って来るのを待って誘拐し、手紙を西尾へ送る計画でした。

ここで、もう一度脅迫状を見て下さい。〈例のものを用意しておけ〉とあります。ところが電話をかけて来た犯人は金を要求して来ました。それなら、なぜ初めから〈金〉としなかったのでしょう。新聞に、〈金〉という字が見当らないはずはありません。それをあえて〈例のもの〉としたのはなぜか、不思議でしたが、真相が分ってみれば当然の事です。新田がほしかったのは、あの証文なのですから。

さて、考え抜いた新田の計画は、嘉子さんに脅迫状を見られてしまった事でご破算になってしまいました。それどころか、あの時、新田は何と言って嘉子さんに言い抜けたらよいか、焦りに焦ったことでしょう。冗談にこんな手紙を作る訳もありません。ところが、思いがけない事に、嘉子さんは雅子さんが誘拐されたものと勘違いしてしまいました。この瞬間、新田の頭に、全く別な計画がひらめいたのです。大胆で、危険な、けれど天才的な着想でした。――警部さん、新田の自供の内容を話して下さい」

私は一つ咳払いをして、話し出した。

「新田は学校へ行ってみる、と言い残して家を出ました。そして帰宅する途中の雅子さんと出会い、彼女に自分の計画を打ち明けたのです」

「打ち明けたって？」

梅宮総監が言った。

「新田はかなり事実を話したに違いないと思います。自分がずっと西尾にゆすられ続けて来たことを。そして雅子さんの誘拐事件を起こしてその容疑が西尾にかかるようにしむけ、それを種にあの証文を取り返す計画だ、と説明し、力を貸してほしいと頼んだのです。それを聞いた雅子さんは、喜んだに違いありません。いつも自分に冷淡だった父親が、過去のあやまちまで打ち明けて、自分に力を貸してくれと頼んでいる。それが何より嬉しかったでしょう。むろん若い娘《こ》です。スリルへの期待もあったに違いありません。新田は雅子さんを別宅へ行かせました。実業家には、時折姿を隠したり、内密の会合を開くための別宅がつきものです。新田も府中の方に持っていて、その場所を雅子さんに教えて、一人で行かせたのです。それから新田は自転車を道端の溝へ落とし、誘拐劇をでっち上げました」

夕子が後を続けた。

「さて、誘拐というからには、身代金の要求がなければなりません」

「そうだ」

総監が言った。「あの犯人からの電話はどうなんだね？　あれは一体誰がかけたんだ？」

「あれは新田の指示で雅子さんのしたことです」

「しかし、男の声だったが……」

「あれは新田自身の声だったのです」

当惑が室内に広がった。夕子は続けた。

「あの電話のやりとりを聞いていて、私はどこか不自然なものを感じました。受け答えの内容に食い違いはありません。けれど、その間が――タイミングがどこか変だったのです。なぜだろう。私は気になってしかたありませんでした。そして気が付きました。あれはテープに吹き込んだ声なのだ、と。――新田はテープレコーダーに犯人のセリフを自分で録音し、それを雅子さんに渡して、時間になったら電話をかけて、そのテープを聞かせるように言っておいたのです。自分で録音したのですから、受け答えもできます。ただし、やりとりのタイミングがずれることだけは避けられなかったのです」

「しかし」

刑事の一人が言った。「新田はいつそれを雅子さんに渡したんでしょう？」

「新田は部屋に引きこもると言っては姿を見せない時間がかなりありました。裏から出れば誰にも見つからなかったでしょう。この近くで、雅子さんと落ち合って、テープレコーダーを渡す事など簡単です。

さて、新田の計画は、これから一番難しい段階に入ります。新田はまず、西尾の家が山小屋風であることを知っている、私と宇野警部が邪魔でした。そこで私を金の運び役に指定し、宇野警部が護衛について行くように仕向けました。そして雅子さんには予め、決まった時間に助けを求める電話をかけるように言っておいたのです。

雅子さんは別宅を出て、このすぐ近くまで来ていたと思われます。公衆電話から救いを求める電話をかけ、その足で西尾の家へ行きます。西尾は雅子さんを見て驚いたでしょうが、雅子さんが、犯人の所から逃げて来たとか適当な話をしてごまかしていたのです。西尾は雅子さんをともかく中へ入れます。雅子さんを介抱してやれば、また新田から金をせしめられる、と思ったかもしれません。ともかく居間へ雅子さんを連れて行きます。そこへ、新田が現われたのです」

夕子は、一旦言葉を切って、疲れたように、肩で息をつき、それから続けた。

「おそらく新田は、この計画を思いついた時から、西尾を殺すつもりだったでしょう。凶器となった拳銃は、西尾の家の応接間にあったものではありません。新田自身も、軍隊時代の思い出に同じ銃を持っていて、それを用意して行ったのです。壁にかかっている銃が、使えるかどうか分りませんし、まして実弾を込めてあるはずもないでしょう。西尾を殺した後、新田は壁の銃を外して、庭へでも隠しておいたのです。——それが今日、私を狙った銃なのです」

総監が肯きながら、

「しかし新田も、自分の計画から手痛い仕返しを受けた訳だな。西尾と争っているうちに、娘を射ってしまったのだから」

「そう思いますか？」

夕子は、不思議に寂しげな表情で総監を見つめた。

「計画が狂ったのだ、と。——違います」

彼女は首を振った。「違います。——すべては計画通りに運んだのです」

誰もが無言だった。

「いいですか。雅子さんが、いくら父親思いだったとしても、目の前で人殺しまでするのを許せるでしょうか？　雅子さんを少しでも知っている人間には答は明らかです」

「だが——」

総監が喘ぐように、「すると、君は——新田が自分の娘を——」

「信じ難い事です。信じたくもない事です。けれど……新田は西尾を射殺し、雅子さんを射ち、そして自分の左腕を射ったのです」

夕子は一同をゆっくり見回した。

「考えてみて下さい。新田は西尾を殺す決心をした時、それが自分の過去と、西尾にゆすられ続けて来たことを世間に明らかにする結果になると承知していたはずです。それは取りも直さず、政界への野望を断念する事に他なりません。西尾を正当防衛と見せかけて殺し、しかも政治への夢を捨てずに済むような方法があるでしょうか。——一つだけあります。それは悲劇の主人公になって、世間の同情を集める事です」

——長い沈黙が続いた。

「馬鹿な！」総監が立ち上がった。「こんな――こんな話は聞いておられん！」

怒りとも興奮ともつかない感情のせいで、顔が青ざめている。「宇野君！　君がどうしてもと言うから、この小娘の話を聞きに来たんだぞ。こんなでたらめを聞かされるとは思わなかった！　帰るぞ！」

総監はこぶしを固めた手を震わせて出て行った。残った連中の間には、ほっとした空気が流れた。

「いつ君は真相に気づいたんだ？」

私は訊いた。

「町子が西尾の娘だと知った時に。前から、何かがおかしいとは感じてたんだけど、はっきりつかめなかったの。それが、脅迫状の『娘』が町子の事だとしたら、と考えてみると、すべてがぴったり事実に当てはまって……」

「よく分からないんだが……新田は学校帰りの雅子と運よく途中で出会ったが、もし出会わなかったら、どうするつもりだったんだろう？」

「その時は、ただその手紙はいたずらだったという事にしてしまえばいいのよ。むろん計画はご破算だけど、それで彼が疑われる心配は全くないんですもの」

しばし、沈黙があった。

「それにしても切り抜いた新聞紙が燃え残ったのは幸運でしたね」

原田刑事が言った。「正に動かぬ証拠ですからなあ」

私は夕子と顔を見合わせた。彼女はちょっと微笑んだきり黙っていた。

「原田、お前、焼却炉ってのは内部がどれくらいの熱になるか知ってるか？」

私は言った。「少なくとも紙なんかは跡形もなくなる」

原田はあんぐり口を開けて、

「は？……じゃ、あれは……」

夕子が手にした大封筒を逆さにして振って見せた。チリ一つ落ちなかった。

「だから、あんな危い真似をしたのさ」

「それにしても――」

原田刑事はまだ信じられないという顔で夕子を眺めていたが、やがて、ふうっと息をついて言った。

「いや、全くあなたは素晴らしい人ですね」

朝の道を、車で駅まで送って行く。夕子は、憂いの眼差しで、じっと前方を見つめている。

「そうだ、訊き忘れてた。あの公園にいた男はやはり浮浪者かい？」

「だと思うわ」

「ちぇっ。池に突き落とされた仕返しをしてやろうと思ってたのに」

夕子はほっと息をついた。

「あの家はどうなるかしら」

「さあ……。誰か親戚が継ぐんだろう」

「気の毒だわ、嘉子さん」

「あの人ならずっといられるだろう」

「鈍いのね」

彼女が小馬鹿にするような口調で、「あの人は新田を愛してたのよ」

「なるほど。後妻になろうと思ってたのか」

「夢見ていたでしょうね。それが……。きっとあの人もいなくなってしまうわ」

事実、岡本嘉子は、その後間もなく、新田邸を去ったのである。

「それにしても、君も危い事をしてくれたよ。弾丸が当っていたら、今ごろ巧く行っても半身不随だ」

「何としても新田に罪を償《つぐな》わせなくちゃ、と思ったのよ。雅子さんのためにもね」

「山勘が当ってよかったな」

「そうね」

彼女が微笑んだ。「もし新田が実際に新聞紙を焼却炉で焼いたのでなかったら、脅しは空振りだったんですものね」

「悪事は大地が覆い隠そうと、いつか現われる……」

「ハムレットね」

「学生時代に演劇部で演《や》ったんだ」

「ハムレットを？」

「僕は槍持って立ってる兵士だったがね」

——車を駅の近くに停める。

「あまり考えすぎるなよ。君のせいじゃないんだ」

「ええ、分ってるわ。ただね、雅子さんが可哀そうで」

「うん……」

「やっと父親が自分を愛してくれてる、と信じられたのに、その父親が自分に銃を向けるなんて、きっと、こわいよりも悲しかったと思うわ」

「寂しそうな顔だったな……」

夕子は車を降りると、「さよなら」と言って足早に去って行った。

——新田邸へ車を戻しながら、気がついた。また、彼女の住所を訊くのを忘れた。

新田は全面的に自供した。夕子の推理は全く正しかった。梅宮警視総監は、風邪をこじらせて（私の呪いのせいか？）、しばし自宅で静養、となった。

——てんやわんやの十日間が過ぎた昼休み、夕子から電話があって、私は近くの喫茶店へ出かけて行った。明るいオレンジ色のワンピースの彼女は、男まさりの名探偵とはとても見えない。若々しさが匂うような「女の子」だ。

私が事件の処理について話していると、原田刑事がのっそり入って来た。

「宇野さんがここだと聞きまして」

「何か用か？」

「はあ、それが……その……」

そばに立って、やたらもじもじしている。今度はクッキーでなくて何を狙ってるんだろう。

「はっきりしろよ」

私はいらいらして、「何が言いたいんだ？」

「はあ……実は、宇野さんにお詫びしようと思いまして……」

「お詫び？　何の？」

「あ！」

声を上げたのは夕子だった。「あれはあなただったのね！　今、近くで見てて初めて気が付いたわ」

「それなんです。で、お詫びを……」

「おい、何の話なんだ？」

「ほら、例の公園の浮浪者よ」

「何？」

私は大男の原田を見上げた。「あれが……お前だったのか？」

「申し訳も……」

「俺は言いつけておいたぞ。お前は邸《やしき》へ残れと」

「分っておりますが、宇野さんや、こちらのお嬢さんが心配で、一足先に邸を出まして……」

「で、私に見つかっちゃって」

「いかん、と思って逃げ出したんです。よく考えると、別に逃げなくてもよかったんですが」

「それでついでに俺を池に突き落としたのか」

「いえ、まさか、その――」

「いいじゃないの、別に肺炎になったわけでもないし」

「そんな事じゃない！　問題は俺の命令を聞かなかった事だ。いいか、警官が勝手に動き回る事は――」

彼女が大きく「エヘン」と咳払いした。私は考え込んだ。そうだ。俺も彼女が心配で、のこのこと公園まで行ったんだ。あれだって警官らしからぬことだ。

「まあいい。怒っちゃいないよ。しかし今度からは気を付けろよ」

「ありがとうございます！」

喜んでステップを踏むような足取りで店を出て行く。店が揺れそうな気がして、慌てコーヒーカップを押えた。

「ところでね、今夜、晩飯をおごりたいんだがね」

「結構ですわ、優しい方。でも一つ条件があるの」

「おごられるのに条件が付くのかい？」

「Tホテルのフルコースのディナーにして」

一瞬、胃のあたり――正確には財布のあるあたりがキュッと痛んだ。しかし、まあ、たまには仕方ないか……。

「いいじゃないの、今日は給料日でしょ」

彼女は得意気に微笑んだ。「名探偵は何だって知ってるんだから！」

凍りついた太陽

1

休暇とは、こうでなくてはいけない。

頭上にぎらりと白熱の太陽、けだるく眠りを誘う波の合唱、息を吸う度に胸一杯に満ち溢れる潮の香り、そして傍にビキニの水着と小麦色の肌の美女……。

そううまくいくものか、と思われるだろうが、それは今や現実となったのである。

真夏に一週間の休暇。私が警視庁へ勤めて以来、初めての幸運であった。特に、警部になってからは、真夏に限って大きな事件《ヤマ》にかかりきりとなって、日曜も返上、という年が続いたので、いざ休みをもらってみると、何をすればいいのやら、途方に暮れる始末。かくして永井夕子の提案のままに、南伊豆の海を眼下に望む〈伊豆シーサイドホテル〉のサンデッキの長椅子に寝そべって、強烈な太陽に余り見ばえのしない四十歳の肉体をさらすこととなったのである。

ホテルの二階から海岸へ向って張り出したサンデッキでは、この昼下り、私と夕子の他に数人の客が日光浴を楽しんでいた。下の砂浜では子供たちが金切り声を上げながら波打ち際を駆け回っている。その向こうはもう限りなく深いエメラルドグリーンの海だ。この海岸は、岩に囲まれた小さな入江で、このホテル専用、といった格好になっているので、混雑することもない。ま、ちょっとした別荘気分を味わえるというわけだ。

「全く」

私は声に出して言った。「休暇ってのはこうでなくちゃ」

「よかったでしょ、ここに来て」

派手な原色のビキニをつけて、すっかりいい色に焼けた夕子が得意そうに私を見る。

この若さそのもののような二十二歳の女子大生と、少々腹の出た四十歳。他の客の目にはどう見えるのだろう、とふと思った。まさか父娘でもあるまいが、兄妹というのも少々無理がありそうだ。富豪と若い愛人？　まさか！

しかし誰も私たちを、名探偵と警察官だと見抜くことはできないだろう。ついでに、ちょっと親しい仲だということも……。

「何年ぶりかな、こうして日光浴なんかするのは」

「でも少し泳いだ方がいいわよ。少々お腹の肉がゆるんでらっしゃるようだから」

「言いにくいことを、はっきりおっしゃいますな」

私は、腹をポンと手で叩いた。

「私、狸《たぬき》と一緒に来た覚えはありませんけど」

　夕子が冷ややかに言った。

　その時、背後から「キャーッ」という叫び声が入り乱れながら近づいて来た。

「ほら、ベビーギャングのお出ましよ」

　と夕子が微笑む。ひょいと体を起こして振り向いた私の顔へ、

「ダーン」

　いたずら小僧の水鉄砲が命中。

「いけませんよ！」

　慌てて子供に声をかけたのは竹中綾子《たけなかあやこ》——ほっそりと色白の婦人で、三十代半ばというところだろうか、数日前から三人の子供と一緒に、このホテルに泊って、仕事の都合で遅れて来るご主人を待っているのだ。

「すみません、一郎《いちろう》がとんでもないことをして」

「なに、いいんですよ」

　私は傍のタオルで顔を拭いながら、「この陽射しで、すぐ乾きます」

「本当にどうも……」

　すっかり恐縮している竹中夫人の後ろで、三人のギャングは早くも何か面白いいたずらはないかと、あたりをきょろきょろ見回している。綾子夫人は全く物静かな女性で、

なかなか日本的な美人なのだが、派手なところがないので、いつもいるかいないか分らないような存在である。それにしては三人の子供のやんちゃなことと来たら、一体この母親とどこか似た所が一つでもあるんだろうかと思わせるほどだ。

「おじちゃん、ごめんよ」

ちっともすまなそうでない顔で言うのは長男の一郎で九歳。

「お兄ちゃん、馬鹿ね」

口を出したのは、赤いセパレーツの水着を着た妹の由美《ゆみ》、八歳である。「そういうときは、『お兄さん、ごめんなさい』って言うのよ。若く見られて喜んで怒るのなんか忘れちゃうから」

「お姉ちゃんだって馬鹿だよ」

後ろから声を上げたのは弟の治郎《じろう》、六歳。「そういうことは聞こえないとこで言うもんだよ」

この三人を本気で怒れる人間なんているもんか！

「ごめんよ」

一郎が言った。

「二度も謝らなくてもいいよ」

と私。

「後の分だよ」

「後の分？」

ひょいと差し出した手からゴムのカエルが飛び出して私の顔へペタリ！

「ワーイ！」

一斉に建物の中へ逃げ込む三人。母親の方は、もう消えてしまいたいような顔で、

「あの……本当に……どうも……」

と口ごもっている。

「いいんですよ」

私は笑って、「可愛いお子さんじゃないですか」

「主人が来ましたら、よく叱ってもらいますので――」

そこまで言った綾子夫人の言葉が急に跡切れた。それがあまり唐突だったので、私は思わず夫人の顔を見た。そして隣の夕子の方へちらっと目をやる。綾子夫人は色白の顔をさらに死人のように青白くして、目を見開き、激しい驚きにうたれた表情のまま、じっとサンデッキへ出入りするガラス扉の方を見据えている。そこには初めて見る男が立っていた。一見して柄の悪い、やくざ風の中年男である。派手なアロハにサングラス、スポーツ刈の頭。商売柄、私にはその男がまともな仕事をしている奴ではないと分る。

「奥さん、大丈夫ですか？」

夕子が心配して声をかけると、綾子夫人ははっと我に返って、慌てて首を振った。

「ええ――ええ、大丈夫です、何でもありませんの」

しかし夫人の視線は、サンデッキへふらりと出て来て、ぶらぶらと椅子の間を歩いているアロハの男をじっと追っていた。男の方は綾子夫人に気付く様子すらない。

「あの……私、失礼します。子供たちを……」

綾子夫人が逃げるようにデッキから立ち去ると、アロハの男は少し海の方を眺めてから、これもホテルへ入って行った。

「――何事かね」

「あの男、どうも感じが悪いわね」

夕子が首を振った。「平和な日々ばかりは続かないのね」

「僕らには関係ないさ」

「だといいけど……」

夕子はそう言うと、体をのばして目を閉じた。下の浜辺では、三人のベビーギャングの声が威勢よく飛び交っていた。

「僕はやっぱり、初めがあって、真中があって終りがある、っていう話が好きですねえ」

若いくせに前衛芸術には批判的な森山《もりやま》青年が言った。

「ゴダールだってそれは認めてるのよ」

夕子が応じて、「ただ、その順序に並んでる必要はないっていうのよ」

お手上げ、という様子で森山が肩をすくめる。このエリート銀行員には、定まった秩序を「適当に」入れ替えるなどという発想は、とうてい理解し難いのだろう。

ディナータイムのホテルのレストランはほぼ満員の盛況だ。私たちのテーブルには、森山青年の他に、白髪の上品な老婦人である織田《おだ》きぬ女史がいた。

この人は英国に長く住んだ英文学者で、英古典文学の権威として知る人ぞ知る存在である。むろん今はすでに研究生活から退《しりぞ》いて、悠々自適の生活を送っている未亡人だったが、物静かな中に優《すぐ》れた知性を感じさせて、人間、老いるならばこの人のように、と思わせた。といって決して堅苦しい老人ではない。あの三人のベビーギャングも、ほんの数日前に知り合ったばかりのこの老婦人を、「おばあちゃん」と呼んで、孫のようになついている。

私たちが食事を終える頃になって、綾子夫人が三人組を連れてやって来た。たちまち、

「おばあちゃん、今日ね、お兄ちゃんったら……」

「やーい、由美が馬鹿なんだ。ほんとだよ、おばあちゃん……」

三人が一斉に織田女史を囲んで話し出す。その三人にいちいち微笑みながら肯《うなず》いてい

る女史の様子は全く平凡な、気のいいお婆さんである。

私は綾子夫人の様子をさり気なく窺ったが、いつも通りに、ただ穏やかに微笑んでいるだけで、格別変ったところも見られない。

「ほらほら、お母さんにご飯をお願いしてらっしゃい」

織田女史が三人組を綾子夫人の方へ押しやる。

「何をいただこうかしらね」

「エビはあまりいただけなかったですよ」

夕子が言った。

「今のエビはみんな冷凍食品ですからね」

織田女史が、嘆かわしい、といった風に首を振る。

「ねえ、レートーって何のこと？」

一郎が母親に言った。「ユウレイと関係あんの？」

「冷凍ってね、うんと冷やして凍らせておくことよ」

綾子夫人がメニューを見ながら答える。

「凍らすとどうなんの？」

「いつまでもいたまないのよ」

「そんな冷たいの、どうやって食べんの？」

「温めるのよ。そうすると元通りになるの」

「ふうん。ずっともつの？」

「長くね」

「百年でも？」

「まさか。——さ、何が食べたいの？」

「このホテルの料理は大部分冷凍だって聞きましたよ」

森山青年が言った。「とてつもなく大きな冷凍庫があるんだそうでね」

「でしょうね」

織田女史が肯いて、「でなかったら、こう毎日全く同じ味の料理は出せませんよ」

「しかし効率ということを考えれば、仕方ないと思いますがね。ある程度の水準を保って、大量に供給する方が、高級品を少数の人間にだけ供給するよりも、ある意味では価値があるんじゃないでしょうか」

銀行員らしい森山の意見に、織田女史が口を開きかけると、一郎が、

「キョーキユーって何？」

と口を挟んだ。

「ご主人はいつお見えになるか分りまして？」

夕子が綾子夫人に訊いた。

「さあ、明後日ぐらいかと思いますけど。何しろ忙しいもので……」

夫の竹中氏は実業家で、世界中を飛び回っている。今もヨーロッパにいる、というだけで、ヨーロッパのどこにいるのか、夫人にも分らないのである。

私と夕子は先にテーブルを離れた。

「一杯やるか」

「いいわね。化粧室に寄ってくから、バーで待ってて」

レストランの奥のドアから、バーへ入ると、カウンターにかけて水割りを注文する。

ほっと一息ついていると、

「宇野のだんなじゃありませんか」

懐しい声だ。振り向くと、五十がらみ、白髪の小柄な男が立っている。

「お忘れですかね？」

「とんでもない、声だけで分ったぜ」

「そりゃ嬉しいね。いや全く、お久しぶりですねえ」

「こんな所へ来てるのを見ると、仕事の方は巧く行ってるようだな」

「おかげさまで」

と、隣に腰をかけて、「それにしても、だんなの気持はありがたいですな。この前、あるホテルで昔のなじみのデカさんにお会いしましたらね、そのだんな、また俺が昔の商売に戻ったと思ったらしくて、ホテルに密告しましてね、俺はホテルから追ん出されましたぜ。でも、だんなは俺のことを疑いもしねえ。嬉しいですよ、本当に」

この男は名を辰見健吉《たつみけんきち》といって、かつては通称「辰」と呼ばれた、天才的なスリであった。私がまだ駆け出しの刑事だった頃、この男を三カ月張り続けて、ついに現場を押えるのに成功したのがきっかけで、顔見知りになったのだが、辰の一種職人的な名人気質《かたぎ》と、金持や悪党仲間からしか盗まない、という反骨に私は妙に魅かれるのを覚え、以来何年にもわたって、辰の更生に力を尽くした。辰はその指先の人並外れた器用さを生かして、金細工《きんざいく》の職人として立派に成功したのである。

「お前の気持を疑うもんか」

と私は言った。「女房の葬式に花を贈ってくれた礼を、いつかは言おうと思っていたんだ」

「ご存知だったんで？」

「名札のない花を見てすぐにお前だと分ったよ」

「奥さんにはよくしていただきましたからねえ。――本当はお葬式に伺いたかったんですが、やはり俺みたいな前科《マエ》のあるのが行って、却ってだんなに迷惑がかかっちゃ、と思いましてね」

「気を遣わせたな。――ところで、どうだい、奥さんも健治君も元気か？」

「ええ、ガキはもう俺より背が高いんですよ」

と辰は目を細めて、「おかげでお説教もやりにくい事。必ず坐ってやることにしてるんで」

「もうそんなになったか……」

「だんな、ここへは仕事で？」

「いやいや、休暇さ」

「そうですか」

辰は笑って、「いや、もしかして〈ゆすり屋〉を追っておいでかと思いましてね」

「ゆすり屋？」

「カウンターの一番奥に坐ってる男ですよ」

ちらりと横目で見やると、そこにはあのアロハ姿の男がいた。今は白い上衣を着ているが、サングラスはそのままだ。

「辰、あいつを知ってるのか？」

「へえ、ちょっとしたことでね。色沼《いろぬま》って男ですが、悪い奴ですよ。ゆすり専門でしてね、素人をずいぶん泣かしてるんです。許せねえ、全く」

と腹立たしげにウイスキーをあおった。「で、だんな、お一人ですかい？」

「うん？――まあ――まあね」

「そうですか。……いや、こんなこと、余計な差出口かもしれねえが、だんなもまだお若いんだ。お考えになった方がいいですぜ。いや家《うち》の奴とも、いつも話してるんですよ。独身《ひとり》のままにしておくのは惜しいってね」

「気持は嬉しいがね。その――」

「いや悪いことは言いませんから、だんな」

「あら、お客様？」

夕子が私と辰を見ていた。辰はきょとんとして、突然出現したネッシーでも見る様な目つきで、派手なポロシャツにバミューダの夕子を眺めている。

「ああ、その――こちらは古い友人でね、辰見というんだ」

私は口ごもりながら、「それで、この娘さんは、その……」

「初めまして」

夕子がにこやかに辰へ声をかけた。「私、宇野さんの恋人で永井夕子です」

「はあ……」

辰は茫然と、私と夕子を交互に眺めていたが、やがてぷっと吹き出すと、

「だんな！　人が悪いや！　隅におけねえってのはこのことだね。いや、早々に退散しますよ。じゃどうも」

辰の後姿を見送って、夕子、

「何か私、まずいこと言った？」

「いいや、別に……」

私は一つ咳払いをして、「何を飲む？」

2

「ゆすり屋ね」

夕子はジンフィズのタンブラーを手の中で揺らしながら肯いた。氷が涼しい音をたてる。

「竹中夫人はゆすられてるんだろうか？」

「でしょうね。昼間見た時から、そんなことじゃないかと思ってたわ」

「どうしてだい？」

「あの男――色沼っていったっけ？　――あの男、サンデッキへ出て来ても、竹中さんの奥さんを一回も見ようとしなかったわ。もし色沼が奥さんをまるで知らなかったら、それとも知っていて思いがけず会ったのなら、あの人を見ないわけないもの」

「まあ美人だからな」

「でしょ？　もっとも、私がいたから目立たなかったのかもしれないけど……」

「そうかね」

「何か異議がおあり？」

「いやいや、何も」

と慌てて首を振る。

「となると、色沼は竹中の奥さんを知っていて、故意に無視したとしか思えないわ。要するに自分の存在を知らせて、無言の脅しをかけたのね」

「しかしあの人は有名な実業家の奥様だよ。何を一体、ゆすられたりするんだろう？」

「誰にでも過去はあるわよ」

と夕子が、いささか芝居がかった深刻さで言った。

「――君にも？」

「大ありよ」

「へえ。どんな？」

「私ね」

と声をひそめて、「本当は宇宙人なの」

色沼という男がカウンターを離れて、私たちの後ろを抜けて出て行った。

「後をつけてみましょうよ」

「どうして？」

「今何時？」

私は腕時計を見た。

「ちょうど八時だよ」

「バーを出るのに、八時ぴったりっていうのは、ちょっと変じゃない？　よほど見たいテレビでもあるのか……」

「どこかで誰かと会うとか……」

「そういうこと」

ぐい、とジンフィズをあける。

レストランへ戻ってみると、案の定、綾子夫人が席を立つところだった。三人の子供たちは織田女史の話に夢中で耳を傾けている。見ていると、綾子夫人は化粧室の方へ歩いて行って、途中から急ぎ足で出口へと姿を消した。

売店やクロークのあるロビーへ出ると、綾子夫人が海岸に降りる階段へと急ぐのが見えた。私たちも後を追ってロビーを横切り、階段を降りる。短い通路を抜けると、もうそこは砂浜である。——急に波のざわめきが体を包んで、潮の香が立ちこめる。

月夜だった。砂がほの白く光って、波頭に月が砕けている。何組ものアベックが、腕を組んだり、手をつないだり、肩を抱いたり、思い思いのスタイルで散歩を楽しんでいる。それでは、と、こちらも腕を組んでぶらぶら歩きながら、綾子夫人の姿を捜した。

しかし月夜とはいえ浜辺は顔を見分けられるほどの明るさはなく、少し歩いてみて、結局捜索は諦めざるを得なかった。

「戻るか」

「そうね。ロビーで、上がって来るのを待ちましょうよ」

ロビーのソファに腰を下ろして待っていると、五分ほどして、色沼が階段を上がって来て、足早にエレベーターに乗って姿を消した。綾子夫人が上がって来たのは、さらに五分ほど後だったが、昼間と同じように顔を青白くこわばらせ、私たちにも全く気づかない様子でロビーを横切って行った。

「やはり会っていたんだな」

「そうね。……でも私たちに何かできるかしら？」

「ゆすりだってのが確かめられればなあ」

「そうね……」

夕子が眉をひそめて考え込んでいたが、やがて、ふっと思いついたように、「ね、あのさっきバーで会った何とかいう人」

「辰見かい？」

「ええ。あれはどういう人なの？」

「どうって……古い知り合いさ」

「ちょっと、ただ者じゃないように見えたけど」

私は苦笑して、

「君はきっと小さい頃から、おやつの隠し場所を見つける天才だったんだろうな」

私が辰のことを話すと、夕子は目を輝かせて、

「素敵！　ね、私を弟子にしてくれないかしら？」

「金細工のかい？」

「馬鹿ね、もちろんスリのよ」

しばらく、名探偵にスリの技術は必要か否かという議論が続いたが、やがて結論は保留したまま、やっと話は本筋に戻った。

「あの人に力を貸してもらったら？　そういう連中の扱いには慣れてるでしょうし」

「そうだなあ……。僕が言えばやってくれるだろうがね……。よし、明日にでも話してみるか」

「あのベビーギャング一味のためにもね」

夕子が微笑んで言った。「ところで、どう？　そう決まった所で、もう一度砂浜を歩かない？」

赤頭巾《あかずきん》ちゃんと狼の話をご存知ない方は、まずいないだろう。では、赤頭巾ちゃんが狼に食べられておしまい、というシャルル・ペローの寓話をご存知だろうか（猟師が巧

い具合に現われて狼をやっつけるグリム童話やウォルト・ディズニー版は、ご都合主義の極みである）。ペローの寓話は、ベッドの中の狼には気をつけなさいよ、という極めて現実的な教訓話なのだ。

今頃になっていささか酔いが回って来たのか、私は浜辺で夕子を抱いて接吻した。夕子も黙ってされるままになっている。それで……。まあ、私たちは別々の部屋を取っていて、毎晩廊下で、「おやすみ」と手を振って別れていたのだが、どうも今夜は列車が別の支線をまっしぐらに進んでいる感じだった。

エレベーターで六階へ上がると、私は黙って自分の部屋の鍵を開け、夕子を中へ入れた。さっきの狼と赤頭巾ちゃんの話でいくと、どっちが狼で、どっちが赤頭巾ちゃんなのか……。そんなこと、どうだっていいや。

夕子は両腕を私の首にかけ、いたずらっぽく笑う目で、

「……男って狼」

と言った。

「僕は哀れな小羊さ」

「嘘ばっかり。あの温泉じゃ、そうでもなかったわよ」

「そうだったかな」

「ずるいんだから——」

柔らかい唇が私の唇をふさいだ。腕の中にしなやかな若々しい体が弾《はず》むように息づいている。

「ベッドまで運んで行ってよ」

夕子の囁きに、よしっとばかりにかかえ上げてはみたものの、とても外国映画のように、軽々とはいかない。やっこら、やっこらと足を運んで、漸《ようや》くベッドに夕子を降ろした。

「頼りないのねえ」

「なに、準備運動をしてないからさ」

と少々息を切らしながら負け惜しみ。

さて——と、ここで映画ならばフェード・アウトとなるのだが、監督の無情な「カット！」の声よろしく、ドアのノックが私たちの間へ割り込んで来た。放っといてやれ、と思ったが、ノックの方も諦めてたまるか、といった調子で続く。

「——お客様のようよ」

「誰かな、思い当らないけど」

「他の女性と、デートの約束でもあったんじゃないの？」

と夕子がからかった。

私は渋々ドアを開けに行った。

「今晩は、おじちゃん」

ベビーギャングの下の二人、由美と治郎が立っている。

「よう、どうした?」

「ゲームして遊ぼうよ」

と治郎。

「ママがお出かけなの」

と由美。

「うん……。今ちょっとおじさん忙しいんだ」

「あっ、お姉ちゃんもいる!」

治郎が夕子を見つけて喜んで部屋へ飛び込んで来た。こうなっては諦める他はない。

「一郎君はどうしたの?」

と夕子が訊いた。

「ゲームセンターにいるよ」

「ママ、どこに出かけたんだい?」

「知らない」

私と夕子はちらっと見交わして肯いた。綾子夫人は、あの色沼という男と会っているのではなかろうか……。

「じゃ行こうか！」

夕子が治郎の手を取って立ち上がった。

ゲームセンターは一階にある。レーザーライフルやらサッカーゲーム、ミニ・ボウリングだのの機械が並んだ、ちょっとしたフロアである。

ここで三人組に付合うこと一時間。使った小銭も少々の額では済まなかった。いい加減疲れて来たところへ、綾子夫人が三人を捜しにやって来た。私と夕子に何度も礼を言って三人を連れて行ったが、目は赤く充血して、涙の跡が頰に歴然としていた。

「またあの男に呼び出されたのかな？」

「たぶんね」

夕子が憂鬱な声で、「……会っただけじゃ済まなかったんじゃないのかしら」

「何だって？　まさか――」

「奥さんの髪を束ねたリボン、さっきの夕食の時見たのと結び方が違ってたわ」

激しい怒りが胸に燃え立った。

「何とかしなきゃ」

私は言った。

夕子は黙って何か考え込んでいる様子だった。私たちは六階へ戻った。

「どうする？」

部屋の前で私は訊いた。

「今日は自分の部屋で寝るわ」

「分ったよ」

「おやすみなさい。ごめんね」

「いいさ。おやすみ」

夕子が自分の唇に当てた指先を私の額にひょいと触れて、自分の部屋へ入って行った。まるで学生同士だな。私は誰もいないのに何だか照れくさくなって、慌てて部屋へ入った。

3

翌日も、目がさめるような上天気だった。ハムエッグにトースト、オレンジジュースという朝食を一階のラウンジで済ませた後、夕子は水着に着替えに部屋へ上がって行き、私は一人で砂浜へ出た。数分前に、辰見が出て行くのを、ちらっと見かけたのだ。

九時を少し回ったばかりなのに、もう汗ばむような陽射しだった。まだ熱されていない砂が足を快い冷たさで包んだ。まだ浜辺に出ている客は少ない。まったく、観光客って奴は宵っぱりの朝寝坊なのだ。

波打ち際に、辰の姿を見つけた私は少々驚いた。辰を取り巻いて騒いでいるのは、例の三人組ではないか。

「やあ、だんな、おはようございます」

辰が私を見つけて声を上げた。スポーツシャツに普通のズボン——裸足で、ズボンをひざまでめくり上げている。何とも珍妙なスタイルに思わず吹き出しそうになる。

「おはよう」

と私は応じた。

「おじさん、おはよう」

一郎が言った。「このおじさんね、手品の名人なんだよ」

辰は笑って、

「なに、手品なんてもんじゃない。ほら、こんなもんで——」

辰が手を差し出すと、手のひらに小さな桜色の貝殻が載っていた。とたんに、辰の指が目にも止まらぬ速さで動き出すと、貝殻は目まぐるしく出没し、指の間をすり抜け、手の甲を走り、再び魔法の様に手のひらに戻った。スリ仲間で神業と言われた指捌《ゆびさば》きだ。

私も思わず息を呑んだ。

「鮮やかなもんだな」

私は言った。「ところで、ちょっと相談があるんだ」

「俺にですか？　いいですとも。さ、みんな母さんとこへ戻んな」

三人組は波を足ではねながら、走り去って行った。辰はにやにや笑いを見せながら、

「ずいぶんと早起きですね、だんな」

「悪いか？」

「いえいえ。ただね、あんなイキのいい娘さん相手じゃ、朝にはあくびの一つも――」

「よせよ、そんなんじゃないんだ」

「そうですか。まあ、いいですよ」

「ところでな、辰、今の子供たちの母親、知ってるのか？」

辰が答えるまでに、ちょっと間があった。

「いいえ。なぜです？」

「昨日お前が話してくれた〈ゆすり屋〉のことで、少しばかり頼みがあるんだ」

「いささか真面目な話のようですね」

辰は真剣な表情になった。「伺いましょう」

私は辰と並んで砂地に腰を下ろし、事情を説明した。

「――こういうわけだ。どうだい。色沼って男にさり気なく声をかけてみちゃくれないだろうか？」

「いいですとも」

「むろん深入りしないようにしてくれよ」

「ご心配なく。蛇《じゃ》の道はへび、でね。巧く聞き出してみせますよ」

と、早くも立ち上がる。

「フロントで部屋の番号を訊いて――」

と私が言いかけると、辰は手を振って、

「だんな、ああいう連中の居場所はこの鼻にすぐ匂って来るんでね、すぐ分りますよ」

辰は年齢にはとても思えぬ軽やかな足取りでホテルへ戻って行った。

ほとんど入れ替りに夕子がやって来た。ビキニの水着に、バスタオルを肩へかけているだけだ。

「どう？　辰さん、見つかって？」

「もう出かけてったよ」

「そう！　じゃ、私たちは一泳ぎして待ってましょうよ。早く水着になってらっしゃいよ」

「朝っぱらから泳ぐのかい？」

「当り前でしょ。ご隠居さん」

タオルを私に投げると、夕子は引き締った体を二、三度前後左右に屈伸させて、海へ入って行った。朝の陽にきらきらと輝く海へ、夕子の体が滑るようにもぐり込む。その瞬間、陽焼けした肩と背中がしなやかに光って、はっとするようなエロティシズムを感じさせた。改めて思った。残念だったな、ゆうべは……。

十時半頃まで泳いでから、私たちは部屋へ戻ってシャワーを浴び、十一時に下のティールームで辰と落ち合った。

「さっそく会って来ましたよ」

と辰が事もなげに言った。

「もう？」

夕子が目を丸くした。

「裏稼業の人間には、それなりの連帯意識がありましてね。それに向こうも俺を憶えててね、話も早かったですよ」

「で、どんな具合だった？」

「ええ、それがね、俺は『あの女をゆすってるのは分ってるんだ。俺も一口乗せろよ』と持ちかけたんでさ。色沼の奴、かなり渋ってましたがね、結局承知させましたよ」

「さすがだな」

「おだてないで下さいよ。――あの野郎と来たら、『あの女はいい金蔓《かねづる》だ。ずっとあいつに食らいついてりゃ、当分食いっぱぐれはねえ』なんて抜かしやがるんで。腹が立ったけど、そこは押えて口を合わしときましたがね。それで早速、今夜、女から支払いがあるっていうんで、一緒に行く事にしました」

「どこで？」

「海岸の隅の方の、岩の陰です。今夜十二時ちょうどに。——さて、だんな、どういう手を打ちます？」

私はしばらく考えてから、

「どうかな、辰、奴に少し脅しをかけてやろうか」

辰はニヤリとして、

「俺もそう思ってたんですよ。なに一皮むきゃあ、肝っ玉の小さい小悪党ですからね。サツのだんながちょっとにらみをきかせばブルっちまうと思いますよ」

「少なくともこのホテルからは退散するだろう。俺は俺で、休みが終ったら、奴を徹底的に洗ってみる。一つや二つはボロが出るだろう」

「いいですな。そうだ。今夜は俺もいるんですからね。俺はだんなを見て、ガタガタ震え上がって見せますよ、だんなが鬼刑事だって、タップリ奴に吹き込んでやりましょう」

「この仏《ほとけ》のような顔で大丈夫かなあ」

「何言ってんの。私も忘れないでね」

と夕子が口を挟む。

「あの——お嬢さんもおいでになるんで？」

辰が目を丸くして夕子を見た。

「あら、もちろんよ。だってこの人、私がいないと全然だめなんですもの。でしょ？」

私は聞こえないふりをして水を飲んだ。

「でもそうすると」

夕子がラウンジの中を見回して、「色沼に、私たちと一緒の所見られちゃまずいんじゃない？」

「なに、大丈夫。奴はどこやら見物に出て来ると言ってましたよ」

「よし、それじゃ細かい手順を打ち合わせよう」

私は椅子に坐り直した。


十一時四十分。夜の海岸は、今夜もアベックのシルエットでにぎわっている。私と夕子は、辰の言った岩へ向って砂浜を斜めに横切って行った。

海へ張り出した岩と、砂浜から高台への急な斜面とがちょっとした窪みを作っていて、ホテルの方からはもちろん、波打ち際からも目に付かない場所だ。

「逢いびきにはもってこいね」

夕子が楽しそうに言った。

「やあ、だんな」

辰がすでに先に来て待っていた。

「色沼の奴はまだかい?」

「ええ。ああいう手合いは必ず遅れて来るんですよ」

「どうして?」

と夕子が訊いた。

「それはね、ゆすりの相手をいら立たせて、精神的に痛めつけるためですよ」

「いやらしいのね」

と眉を逆立てる。

「それに、サツの張込みを警戒するってこともあるんですがね。……じゃ、お二人はこの岩の上で様子を見てて下さい」

月夜とはいえ、背丈の倍ほどもある岩の上へよじ登るのはひと苦労だった。二人とも登り切ると、腹這いになって、下の様子を窺った。

「何時?」

「今、五十五分だ」

「竹中さんの奥さんは、もう来るんじゃないかしら」

「しっ! 誰か来る」

砂浜をこちらへ歩いて来る人影があった。綾子夫人にしては、少々小柄だな、と思って見ていると、月明りを受けて顔が見えた。

「なんだ、織田さんじゃない」

と夕子が呟く。月夜の散歩としゃれこんだのか、のんびりした足取りでやって来たのは、織田女史だった。

「あら、今晩は」

女史は辰見を見つけると、気軽に声をかけた。「いい月ですことね」

「はあ……」

辰はあいまいに言って、ちらっと私たちの方を見上げた。

「あなた辰見さんとおっしゃるんでしょ？」

「ええ」

「手品がとってもお上手だそうね。あの子たちが話してくれましたわ」

「いえ、とんでもない」

「ぜひ一度拝見したいわ。――あの、お散歩ですの？」

「いや、ちょっとその……人と約束がありましてね」

「まあ」

織田女史はパッと顔を輝かして、

「月の夜のロマンス、素敵ですこと」

「いや、そんなんじゃないんで」

と辰は慌てて言った。

「『月には誓わないで、日毎に形を変える不実な月。あんな風にあなたの愛が変ってしまったら大変だわ』」

「ロミオとジュリエットだわ」

夕子がそっと呟く。

「まだまだ、お若くて結構ね」

と、織田女史は辰の肩をポンと一つ叩いて行ってしまった。私は茫然と見送っている辰を見下ろしながら、

「織田さんにかかっちゃ、辰の奴も形なしだ」

「でも変ね」

夕子が私の腕時計を覗き込んで、「もう来てもいいのに」

十二時を過ぎ、十分、十五分たっても、綾子夫人は姿を現わさない。もっと妙なのは、恐喝者の色沼も現われないことだ。私たちは岩から砂浜へ降りた。

「変ですね」

辰が首を振る。「場所でも変えたんでしょうか?」

「奴の部屋へ行ってみよう」

私たちはホテルへ戻って、十階へ上がった。色沼が泊っているのは一〇一二号室。人気のない廊下を一番奥へつき当った右手がドアだった。ノックをしたが、反応はない。ノブを回してみると、鍵がかかっている。当然の事で、ドアはすべて、閉じると自動的にロックされるのである。

「開けましょうかね？」

辰が私の方を窺う。

「うむ。……仕方ないな」

と私は渋々肯いた。

「じゃお嬢さん、ヘアピンを一本貸していただけますか？」

夕子がヘアピンを頭から抜いて渡すと、辰は久々に腕を振える、とばかり、両手の指を何度も屈伸させて、ノブの前にかがみ込んだ。

こんなホテルの鍵など、辰の敵ではない。私が誰か来ないかと廊下を二、三度見回しているうちに、カチッと音をたてて鍵が外れた。

「見掛け倒しだなあ、こいつは」

辰は不満顔である。

部屋の中は、明りがついたままになっていた。このホテルでも一番高いクラスの部屋だけあって、広く、応接セットも備えてある。右手にはバスルームへのドア。正面はガラス戸で、小さなバルコニーへ出られるようになっている。バスを覗いてみたが、何事もない。すると、

「ねえ」

夕子の緊張した声がした。「ここにいるわよ」

夕子はガラス戸越しに表のバルコニーを見ていた。私と辰も夕子の肩越しに覗き込む。

色沼はガウン姿でバルコニーの椅子に坐っていた。だが何だか妙に縮こまった、不自然な姿勢をしている。

私はガラス戸を開けてバルコニーへ出ると、眠っているような色沼の体をそっと押してみた。それから手首をつかんで脈を探る。

「――どう?」

夕子が訊いた。

「もうこいつににらみをきかせる必要はなくなったよ」

私は言った。「それに、もう誰もこいつにゆすられる心配もなくなったね」

4

「警部殿はどうお考えでありますか?」

「いいかね」

私はため息をついて、「僕は休暇でここへ来ているだけだ。頼むから『警部殿』はやめてくれないか」

「はい、警部殿」

深草《ふかくさ》という地元の刑事は、初め、やたら横柄《おうへい》だったくせに、私が警視庁の警部だと知ると、今度は背中に物差しでも入れたようにしゃっちょこばってしまった。

間もなく夜明けだ。色沼の死体を見つけ、ホテルの支配人に警察へ連絡させてからの数時間は、正に戦場のような騒ぎだった。

警察を呼ぶ前に、まず決めておかねばならないことがあった。私たちが知っている事実をどこまで警察に教えてやるか。

私は警官として、当然捜査のためには全部の情報を提供すべきだと主張した。

「だめだめ」

夕子は断固反対した。

「どうしてだい？」

「竹中さんの奥さんのことなんか話してごらんなさいよ、何も訊かずに逮捕しちゃうわよ」

「推理小説に出て来る警察と違うんだぜ。そう単純じゃないよ」

「それにしたって、重要参考人として呼ばれるのは覚悟しなきゃならないでしょ。そうなれば奥さんがゆすられていたこと、その過去も明るみに出るわ。そうなれば奥さんにとってはすべて終りよ」

「そりゃそうかもしれないけど……」

「もし奥さんが犯人でなかったら？　何の利益もないのに奥さんの一生を破滅させることになるのよ」

「分ったよ。しかし、もし後で僕たちが事情を知っていて黙っていたと知れたら、正にクビものだぜ」

「責任は私が取るわよ」

頼もしいことをおっしゃる。しかし彼女はどこにも雇われてはいないのだから、クビになる恐れもないのである。

ともかくそう話が決まると、私は夕子と辰を部屋へ帰らせてから、フロントを電話で呼んだ。辰を帰らせたのは、前科のある人間が事件に関わっていると、すぐそこへ警察の疑惑が集中する場合が多いからだ。私が彼の潔白をいくら信じていても、地元の警察には通じないだろう。

こんな夜遅くに、色沼の部屋を訪ねて来た点については、色沼がバーに置き忘れたシガレットケースを渡しに来たのだということにした。時間が遅い説明には弱いと思ったが、ホテルというのは深夜でも結構人の出入りがあるから、特別疑われることもあるまい。ましてや警視庁の警部の証言とあれば、信じざるを得まい。それから、ドアは細く開いていたことにした。閉まればドアがロックされて外側からは鍵なしでは開かないのだから、開いていたことにする他はない。辰の手練の技ならば、鍵穴に目立つほどの傷は付けていないはずである。

通報して十五分ほどで警察と鑑識の一隊がやって来て、いつも私の見なれた手順で仕事を片付けて行った。

深草刑事は三十代半ばといったところであろう。小柄でころころした体つきの、血色のいい男であった。まだ眠そうな目をこすりながら、検証のつづく部屋の一隅で不愛想に私を訊問し始めた。訊問しながらも、途中一分おきくらいに大欠伸《あくび》が入る。ＴＶのスポットＣＭみたいだ。

しかしそれも私が「警視庁――」と名乗るまでのことだった。半信半疑の眼差しが私の差し出した身分証明書を穴のあくほど見つめたと思うと、深草刑事はいきなりぴょんと立ち上がり、

「失礼いたしました、警部殿！」

と最敬礼をやらかした。

次にはひざまずいて手に接吻されるのではないかと、気が気でなかった。

私が何ら秘密任務を帯びて来たわけではないと、この刑事に納得させるのは一苦労だった。警視庁の警部ともなれば、海へ遊びになど来ないものだと信じ込んでいるようだ。

「いやあ、それにしてもこれはまるで探偵小説ですなあ」

深草刑事は上機嫌になって、大声で言った。「休暇旅行中の警部が、たまたま殺人事件に出くわすなんぞ、全く探偵小説そのものじゃありませんか」

深草刑事が大口をあけて笑った。カバの欠伸を連想させる壮観さだ。

「――で、警部殿のご意見では、死因は何だと思われますか？」

「さあ、解剖の結果を待つ他はないが、致命傷になるような傷はないようだし、恐らく薬か何かだと思うね。しかし、それにしては苦しんだ様子はないが……」

私たちは、死んでいるのを発見した時、初めて色沼という男を近くから見たのだった。

死体はサングラスを掛けていなかったが、いつも掛けているわけがよく分った。およそ凄味《すごみ》のない童顔なのである。目も鼻も口も、造作《ぞうさ》がすべて小さめで、ユーモラスでさえある。サングラスでも掛けていなくては、ゆすり屋稼業などやっていられまい。こんな顔で凄まれたら吹き出してしまう。

それにしても色沼の死顔は静かで、まったく眠っているようにしか見えなかった。苦悶の跡も、驚愕の表情も、そこには全く見当らなかったのである。傷らしいものといえば、裸足のつま先が、何かにつまずいた時のように、あざになったり、爪が割れたりしているだけだった。

「自殺でしょうかなあ」

深草刑事が首をひねった。「何かそれらしい様子がありましたか？」

「いや、気付かなかったね。全然そんな風には見えなかったよ」

「殺されるようなわけでもあるんですかねえ」

「身元をよく洗ってみた方がいいと思うね。僕の見たところ、まともな手合いではないようだよ」

「はっ、そうします」

深草刑事は早速手帳にメモをした。

「それから」

私は続けて、「なくなっているものが二つある」

「は？」

「一つはサングラスだ。いつも掛けて歩いていたのに、この部屋には見当らないようだ。もう一つはスリッパの片方」

「そういえば、右足しかスリッパをはいていませんでしたな」

深草刑事はまたメモを取って、「いや、さすが警部殿ですな。すばらしい目をお持ちで」

「深草さん」

若い刑事が私たちの方へやって来た。

「こんなものが被害者《ガイシャ》の足下に落ちてましたよ」

差し出した手に載っているのは、小さなビニール製のバラの飾りである。何かから取れて落ちたのだろう。私には何となく見覚えがあった。しかし、一体どこで見たのだろう……。

「やはり黙っているのはまずいよ」

「いいのよ」

夕子は首を振った。「ともかく死因がはっきりするまで待ちましょうよ」

「しかし――」

「私に考えがあるの。任せておいてよ」

こうなっては仕方ない。私は諦めて表へ目をやった。

私と夕子は、ラウンジで遅い朝食を取っていた。やっと深草刑事から解放されて眠ったのが四時半すぎ。今は十一時になるところだ。

「今日はちょっと泳ぐ気にはなれないわ」

「疲れたのかい?」

「海水浴より殺人事件の方が面白いもの」

「けしからんことを言うね」

　ホテルでも事件の話で持ちきりだった。同時に私が警察の人間だということも知られて、何か面白い話を聞こうと、顔見知りでもない客までが話しかけて来たが、私は一切知らん顔を決め込んでいた。

「あら、奥さん、おはようございます」

　夕子がにこやかに声をかけた。綾子夫人はひどく疲れた様子で、目の下のくまが、昨夜一睡もしていないことを物語っている。それでも無理に笑顔をつくって私たちの方へやって来た。

「おはようございます」

「お子さん方は？」

「何だかゆうべ遊びすぎたのか、まだ眠ってますわ」

「そりゃ珍しい」

　私が笑って言った。

「あの……何かゆうべ……事件があったとか……」

　夫人がおずおずと言い出した。

「ええ。客の一人が死んだんですよ」

「こわいわ！」

夕子が眉をひそめて震えて見せた。このカマトトめ！

「犯人はつかまりまして？」

「いや、まだのようですよ」

「あの……進んでいるんでしょうか……捜査は？」

「まあやってはいるようですがね。私も別に関係している訳ではありませんので」

「ええ……そうですわね……」

綾子夫人は呟くように言うと、しばらく考え込んでいた。それから顔を上げて、

「あの……」

と何か言いかけた。

「ママ！」

ラウンジ中に響き渡る声を上げて、ベビーギャング三人組が突撃して来た。

「あらあら、あなたたち、いつ起きたの？」

「今だよ。ママいないんだもん」

一郎が不服顔で言った。

「ごめんなさい、じゃ朝ご飯ね」

「あのねえ、私が治郎にお洋服着せたのよ」

と由美が口を出す。

「あら、そう。偉かったわね。じゃ行きましょう」

綾子夫人が三人の子供を連れて行くのを見送りながら、夕子が言った。

「何か言おうとしたわね、奥さん」

「惜しかったな」

「それにしても変だわ……」

「何が？」

「何でもないの。ちょっとね」

夕子は曖昧に言って、アメリカンコーヒーをすすった。ウェイトレスがやって来て、

「あの、宇野様ですか？」

「ああ」

「深草様からお電話が……」

「分った」

私は席を立って、カウンターの電話へ出た。二、三分話してから戻ると、

「どうだった？」

と夕子が顔を上げる。

「どうもこうも――」

私は椅子にどしんと腰を下ろして、「こんなことってあるか！」

「何なのよ？」

「死因が分ったそうなんだがね」

「それで？」

「何だと思う？　死因はね、寒さのせいだ」

「何ですって？」

「この真夏にだよ、奴は凍死したんだ！　こごえ死んだのさ！」

この夏のさなか、凍死するとしたら、そんな場所はただ一つである。

私は深草刑事に率いられた鑑識班の一隊とともに、ホテル地下の冷凍庫へと向かった。警視総監の姪《めい》だ、と自称する夕子も一緒である。同行したホテルの支配人は何となくコウモリを思わせる小男で、三日も冷凍庫に入っていたような青白い顔に、サウナにでも入っていたような玉の汗を浮かべて、みちみち、必死に弁解に努めていた。

「いえ、管理にはもう万全を期しておりまして、決して人間が中へ閉じ込められるようなことは……」

「黙って案内しろ！」

深草刑事が怒鳴りつけた。

地下二階。エレベーターを出ると、コンクリートむき出しの通路である。大小のパイプが天井を這《は》っている通路を奥へ奥へと辿るとさらに下へ階段があり、その降り切った所に、箱形の監視室があった。中には冷凍庫内の温度を制御する様々なツマミやメーターの並んだパネルがあって、その前の椅子に作業服姿の老人がうつらうつら居眠りをしている。

「これが万全の管理かね？」

深草刑事が冷ややかに言う。

支配人に叩き起こされた老人は、眠い目をこすりながら、質問に答えた。――ゆうべ？　誰も見なかった。冷凍庫の扉？　鍵はあんけどよ、いちいち面倒だで、かけちゃいねえよ。支配人さんも構わんとおっしゃったで。え？　何です？　誰が中に入れるかって？　誰だって入れまさ。だけど好きこのんで、あんな寒いとこへ誰が入るかね？　鍵はほれ、そこの入口のわきにあるで。ここに？　そりゃ一日中誰かしらいなきゃなんねえって決まりにはなってるけど……。

「ゆうべはどうだった？」

深草刑事が訊いた。「じいさん、ここにずっといたのか？」

「冗談言っちゃいけねえや。じゃ、一体いつ寝りゃいいんだね、あっしは？」

要するに交替がいないので、夜はここは誰もいなくなり、従って誰でも冷凍庫へ出入りできるし、鍵もこの監視室からいつでも持ち出せる、というのである。深草刑事は支配人をジロリとにらんだ。

小柄な支配人はますます小さくなって、本当に消えちまうんじゃないかと心配になるくらいだった。

「業務上過失の責任は逃れられんな」

深草刑事が聞こえよがしに言うと、支配人は卒倒せんばかりのショックを受けたらしく、

「あ、あの……では……ケ、ケイムショに入らなくてはならないんでしょうか？」

「ああ、過失致死となれば当然だ」

支配人はもう何枚目かのハンカチで、額を拭った。どうもあの汗では、ダブルベッド用のシーツでも持って来なきゃ間に合わないんじゃないかな。

「まだそう決まったわけじゃないんだから」

と夕子が慰めると、

「いえ……もうだめです……」

支配人は絶望的な声を出した。「私はツイてない男なんです。……農家の五男に生れて、厄介者扱いされるし、中学校では一点違いでライバルに首席を取られるし、高校の時は、好きな女の子の目の前でプールへ飛び込んで溺《おぼ》れかけるし……」

「何をウジウジ言っとるんだ！」

と深草刑事。「さあ、中へ入るんだ」

支配人は呟くように、

「私も中で冷凍してもらいたいです」

「さて、じいさん、我々は中へ入るよ」

「へえ、物好きなこって」

じいさんが言った。「零下三十度ですぜ。そんななりで大丈夫ですかい？」

「しかしこれ以上着る物がないよ」

「まあちょっとの間だ……」

ともかく入ってみよう、ということになって、私たちは夏の上衣だけで、冷凍庫へ入ることになった。

冷凍庫の扉は、普通のドアを横へ二つつなげたくらいの大きさがあり、自動車のハンドルみたいな丸い把手《とって》がついている。刑事の一人がそれを軽く引っ張ると、厚さ三十センチの扉がゆるゆると開いて来た。

中はちょっとした倉庫ほどの広さがある。想像と違って、白い寒気が渦巻いてはいなかった。ただ無数のパイプが天井や壁を走っているだけで、ブーンというかすかな音以外、何も聞こえない。私たちはぞろぞろと中へ入った。

零下三十度の中へ入ったことがおありだろうか。初めのうちは大したことはない。なんだ、こんなものか、という程度である。外の寒さと違って風がないので、それほど寒くは感じないのである。しかし、十五秒くらいたってから、寒さが急に身にしみ込んで来る。本当に、全身が一時にスーッと冷えて来るのだ。服を着ている部分も出ている部分も関係なく、表皮から内部へ向かって寒さが急激に浸透して来る。

この棚は生肉で、あちらは調理済のもので……と支配人が整然と並んだ棚の説明をしている間に、私たちはみんな真っ青になっていた。

「ね、あれ！」

夕子が鋭い声をあげた。庫内の片隅、入口の横手の奥に、小型の空の手押し台車が置いてある。その側に落ちているのは、色沼のスリッパの一方とサングラスである。やはりここが現場なのだ。

寒さに震えながら、鑑識班が仕事にかかる。

「け、け、警部殿……い、いかがですか？」

深草刑事が歯をガチガチいわせている。

「こ、ここに閉じこめられたんだ……い、色沼は……」

私も同様に返事をする。色沼のつま先の傷は、閉じた扉を必死に蹴飛ばした時にできたのだろう。

「あ、あ、あの男ですが……や、やはり……前科《マエ》のある……や、奴でした。……ゆ、ゆ、ゆすりの常習だったよ、ようで……」

「な、なるほど」

「あの台車は？」

と夕子が言った。

「ここの肉などを運ぶんです」

支配人が答える。

「ねえ」

夕子が私の方へ向いて、「犯人はたぶん被害者をあれに載せて部屋まで運んだんじゃない？　その時、スリッパとサングラスが落ちたのよ」

「さ、早速指紋を採らせましょう……」

仕事を続ける深草刑事たちを残して、私と夕子は早々に零下三十度から逃げ出した。

「——さて、と」

ラウンジで熱いコーヒーをすすってやっと生き返ると、夕子が言った。

「何とも妙な事件ね」

「どういうところが？」

「殺し方は巧妙だと思うの。被害者が中へ入るように仕向けておいて扉を閉め、鍵をかける。後は何時間か待つだけで、殺人者は手を汚す必要がないわけですもの。分らないのはその先。――だってそうでしょう？　どうして死体をわざわざ台車に載せて部屋まで運んで行ったのかしら？」

「なるほど」

「ね？　どうして閉じ込めたまま放っておかなかったのかしら？　部屋で死体が見つかっても、凍死と分れば、冷凍庫が調べられるぐらい、誰だって見当がつくでしょう。それに犯行現場が冷凍庫だって知られたくなかったのなら、なぜサングラスとスリッパを残しておいたのかしら？」

「見落としたんだろう」

「あんなに目につく所に落ちてたのよ」

「うむ……」

私は唸った。「分らんね」

「ともかく妙なことだらけよ、この事件は」

5

どんな一日だろうと、夜は必ず来るものと決まっている。

深草刑事とその一行が、くしゃみを連発しながら帰って行ったのは、もう夕方だった。

殺人事件の話で大騒ぎの夕食の席を早々に離れて、私たちは部屋へ戻った。

「やれやれ、やっと逃げられた」

「仕方ないわよ。みんな、殺人事件なんてめったにお目にかかれないんですもの」

「ちっとも楽しいもんだとは思わないがね」

「これからどうする？」

「さてね……。バーへ行っても事件の話を聞かせてくれとせっつかれそうだしな」

「何なら、おとといの晩の続きでも？」

私はまじまじと夕子を見つめて、

「本気かい？」

「ええ。……気が進まない？」

「進むもいいとこだよ！」

「じゃあ……まずは……」

私は夕子を抱いて接吻した。

「……ちょっと時間が早いかしらね」

夕子が微笑みながら言った。

「いいや、ちっとも」

私は慌てて言った。

「いい時間だよ」

私は夕子を抱き上げると、今度はかなりしっかりした足取りで（夕食を食べたばかりだからか）、ベッドへ運んだ。唇や首筋にいくつか接吻を置いてから、彼女の背中へ手を入れて、ワンピースのファスナーを降ろしにかかる……。

〈運命はかくの如く扉を叩く〉

そのノックは運命よりも非情に響き渡った。

「お客様のようよ」

夕子が囁《ささや》いた。

私はドアをにらんだ。レントゲン並みにドアの向こうの人間を透視できたら、その視線で相手は黒焦げになっただろう。

ドアを開けると、黒焦げになっていない綾子夫人が立っていた。

「夜分申し訳ありません。……お話ししたいことがありまして」

「どうぞ、どうぞ」

昼間のような、おずおずしたところはなかった。何かはっきりと、心に決めたものがある様子だ。

「あなたにまずお話ししておこうと思いまして……」

夫人はソファに掛けると言った。

「色沼を殺したのは私です」

私も夕子もしばらく黙ったままだった。

「でも私、少しも後悔しておりません。あの男はこれからも何人もの人を泣かせていたでしょう。私がやれば、その人たちが救われるのだ。そう思ったのです」

「ねえ奥さん」夕子が口を挟んだ。「色沼をどうやって殺しました?」

「どうやって……」

夫人は意外そうな表情で私たちの顔を眺め、「ご存知だと思いましたわ。もちろん毒殺です。青酸カリですわ。部屋へ入ると、テーブルにウイスキーのボトルが置いてありましたので、それに入れたんです」

「色沼はバルコニーの椅子に坐っていた?」

と夕子。

「ええ、眠ってましたわ」

「ドアの鍵はどうしました?」

私が訊いた。

「ドアは開いてましたの、細く」

私は夕子と顔を見合わせた。

「もし、できましたら」

綾子夫人が続けて、

「自首するのについて行っていただけません？　知っている方が一緒だと心強くて……」

私が口を開きかけると、ドアがまたノックされて、返事もしないうちに、辰見が入って来た。

「だんな、ちょっとお話ししたいことがあるんですがね」

綾子夫人は辰の顔を見ると、しばし口を開いたまま唖然《あぜん》として、

「辰さん！……まあ、辰さん！」

「お久しぶりで、綾さん」

辰は照れくさそうに頭をかいた。「いや、このホテルへ着いた日に、綾さんが、子供さんたちに囲まれて楽しそうに遊んでるのを見付けましてね、ああ、幸せに暮らしてるんだな、と思って、まあ、あっしなんかが顔を見せちゃ、ろくなことにゃならねえと、ずっと顔を合わせないようにしていたんでさ」

もっとあっけに取られたのは私と夕子だ。

「おい辰、竹中さんの奥さんを知ってるのか？」

「だんな、綾さんはね、俺が昔、スリ稼業の頃、顔なじみだった飲み屋にいたんでさ。綾さんは、色沼と一緒に暮らしたことがあったたんですよ」

そうだったのか！

「私も若くて、馬鹿だったんですわ」

綾子夫人が首を振りながら、言った。「彼との生活は、ひどいものでした。あの青酸カリも、その時、自殺しようと思って手に入れたものなんです。でも、ちょうど色沼は、土地の暴力団といざこざを起こして、逃げ出してしまい、私はやっと自由になりました」

「なるほど」

私は肯いた。「色沼はそれを種に、あなたから金をゆすり取っていたんですね？」

「私をゆすった？」

綾子夫人が不思議そうに、「ゆすられていたのは私じゃありませんわ」

「何ですって！」

私は声をあげた。「あなたは色沼にゆすられていたから彼を殺したんじゃないんですか？」

「いいえ、彼は私に、昔の関係を夫に暴《ばら》すと脅して、私を――その言うなりにしようとしたんですわ」

私は何が何だか分らなくなって夕子を見た。

「そういうことだったの……」

夕子が呟くように言った。「ね、辰さん、あなたが色沼と話した時、彼はゆすっている相手の名前は言わなかったのね、そうでしょう？」

「ええ、ただ『あの女』とだけ……」

「それであなたは私たちの話から、それが竹中さんの奥さんだと思い込んだのね」

「しかし、それじゃ一体ゆすられていたのは誰なんだ？」

私が言った。

「考えてごらんなさいよ」

夕子が言った。「あの時、実際に約束の場所へ来たのは誰だったか」

「しかし……」

そこへ別の声が、

「私なんですのよ、警部さん」

ドアが開いて——辰が閉めておかなかったのだろう——織田女史が立っていた。いつもと少しも変らず、にこやかに微笑んでいる。

「私はずっとあの色沼という男にゆすられ続けて来ました」

織田女史が言った。「もう十年近くにもなるでしょうか」

誰も口をきかなかった。織田女史が続ける。

「私の秘密というのはこうですの。私をイギリス古典文学の研究者として有名にした、チョーサーについての論文、あれは私のものではなかったんです」

夕子がそっとため息をついた。

「私は留学したイギリスで、ある日本人女子学生と一緒に生活していました。彼女は病弱でしたが、天才的な頭脳を持った女性でした。あの論文は彼女のものなのです。──ある学会へ彼女の論文を私が代って郵送した時、学会の方で誤って差出人の私の名を論文の著者として発表してしまったのです。その頃彼女は肺炎を患って床についており、私はつきっきりで看病していました。彼女は二カ月ほどして死にました。ご遺族との連絡、一時の帰国など、様々な用事に追われてやっと落ち着いた時、私はその論文の著者として有名になっている自分に初めて気がついたのです。

すぐに誤りを申し出ればよかったのですが、それがとてもでき辛い状態で、そのまま私はイギリスの学校に教師の職を与えられました。それからの私は、彼女によって与えられた自分の名声に追いつくために必死でした。そしていつの間にか年齢を取って……。でもいずれにせよ、私が彼女の論文を盗んだ事実は変りません。私はそれを親しい研究者のほんの数人に打ち明けたことがあるのです。あるホテルで、研究者の会合が開かれて、その話題の中で、誰かが他人の論文を無断で借用したという問題が取り上げられ、その討論を聞いていた私は心苦しくなって、会合の後、ホテルのラウンジで、親しい人に話したのです。みんな、今さらそんなことを気にしなくてもいいと言ってくれました。……ところが、すぐそばの席に、たまたま色沼がいて、話を耳にしたのです。何日かたって、彼は私へ電話をかけて来ました。

私としては、もうこの年齢でもありますし、事実が分ったところで一向に構わないのですけども、子供たちや孫たちが可哀そうですし、あの男も心得たもので、決して法外な大金を要求しては来なかったものですから……」

「プロのゆすり屋はそういうものです」

私が言った。

「織田さん」

夕子が微笑みながら、「私、あなたがその方の論文を盗んだ、などとは思いませんわ。あなたはもうそれを遥かに凌《しの》ぐ業績を上げてこられたんですもの」

「ありがとう、お嬢さん」

織田女史もにこやかに応じた。「ところで、今ドアの外で伺っていたんですけど、あの男を殺したのは奥さん、あなただとか？」

「はい」

「じゃそれを私がやったことにしましょうよ」

「あなたが？」

「あなたはまだお若いし、子供さんもご主人もいらっしゃるのよ。私は老人だし、主人にも先立たれて、子供たちも立派にやっていますからね」

「でも……」

「それにゆすられていたのは私なんだから、私が殺した方が筋が通るでしょう？」

「いけませんよ！」

辰が口を挟んだ。「あんな奴を殺したくらいで、こんな立派な人たちが罪に問われる必要なんかありませんぜ。ねえ、だんな」

「そういうわけにも行かんがね」

私は一つ咳払いをして、「一つみなさんの誤解を解いてさし上げないといけませんな。警察はまだ死因を公表していないのですが、色沼は毒殺されたのではないんです」

私は色沼の死因を説明して聞かせた。綾子夫人は目を見開いて、

「では……あの……私が行った時、色沼は……」

「そうです、彼はもう死んでいたんです」

「神様！」

織田女史が言った。「ではもう何の心配もないわけですのね」

「まあたまたま死んでいたとはいえ、殺意はあったわけで、厳密にはいろいろとありますが、私としては何も言うつもりはありません」

まだ夢でも見ているような綾子夫人と織田女史と辰の三人を送り出すと、夕子が言った。

「私もうすうす感じていたのよ。ゆすられているのが織田さんじゃないかってね」

「君が？」

「そう。だって考えてごらんなさいよ。色沼は辰さんに、その女に食いついていれば食いっぱぐれることはないって言ったんでしょう？　でも竹中さんの奥さんはあの通り地味な人ですもの、理由の分らない出費が続けば、きっとご主人が気付くはずだと思うの」

「なるほど」

「長くゆすり続けるには、相手がお金を自分で自由にできる女性でないとね。それに当てはまりそうなのは織田さんぐらいのものじゃない？」

「それもそうだ。しかし、こうなるとますます分らないね。一体、色沼を冷凍庫へ閉じ込めて殺したのは誰なんだ？」

「私、分ってるわ」

私は思わずソファから腰を浮かした。

「本当かい？」

「一緒にいらっしゃいよ」

夕子が得意そうに先に立ってドアを開けた。

一階へ降りると夕子はラウンジの脇を抜けてゲームセンターへ向った。

「ここにいると思うんだけど……」

夕子はフロアを見回して、「あ、いたいた」

見れば例のベビーギャング三人組が棒の先についた大きなアメをなめなめ、ゲームを覗いて歩いている。夕子が近づいて行くと、三人の方も彼女を見つけて、かけ寄って来た。

「やあ、お姉ちゃん」

「おじちゃん、今晩は」

「もう遅いから部屋へ帰りなさい」

夕子が言った。

「まだいいんだい」

一郎がふくれっ面《つら》で、「ママがゆっくり遊んどいでって言ったんだ」

「それならいいわ。ね、ちょっとみんなにお姉ちゃん、お話があるんだ」

夕子と私は三人を連れてラウンジへ行き、ソフトクリームをおごってやった。

「ね、みんな」

夕子が頃合を見て口を開いた。「あなたたちでしょ、あのサングラスのおじさんを寒い所に閉じ込めたのは?」

三人がちょっと困った顔を見合わせた。

「――どこで見てたの?」

一郎が訊いた。

「見なくても、お姉ちゃんにはみんな分っちゃうのよ」

「嘘だい」

「じゃ言っちゃいましょうか? みんながサングラスのおじさんを閉じ込めて鍵をかけ、外でしばらく待ってから、見張りのおじいさんを呼びに行った。おじいさんはあなたたちから話を聞いてびっくり。急いで中へ入ってみた。するとサングラスのおじさんは手押し車の上で小さくなって眠ってたのね」

「ぐっすりね」

由美が肯いた。

「で、みんなはおじいさんに、車を押してサングラスのおじさんを部屋まで返しに行こうって言ったんでしょ」

「やっぱり、どっかで見てたんだ」

「部屋へ戻してバルコニーの椅子へ坐らせて、それからあなたたちとおじいさんは、このことを誰にも言わないって約束したのね」

「そうだよ。でもあのおじいさん、おかしかったよ。いくら僕らが大丈夫なんだって言っても、青くなってびくびくしてんだもの」

「どうしてみんな、あんなことしたの？」

「だってあいつ、悪い奴なんですもの」

「ママを泣かしたんだ！」

と弟の治郎。

「ママの様子がおかしいんで、昨日、ママが出かけた時、後をつけてみたら、ママがあいつに会って泣かされてたんだよ」

「それでこらしめてやることにしたの」

由美が言った。「治郎が地下の寒い部屋の見張りのおじいさんと仲が良くて、下にも何回か行ったことがあったの。で、私が電話でママのふりをして、あいつを下へ呼び出したの、私の声ってママの声とそっくりなのよ」

「エレベーターのそばで、僕が隠れて待ってたんだ」

一郎が続けて、「あいつが降りて来たんで、飛び出してって、サングラスをかっぱらったんだよ。あいつ、怒って追っかけて来た。で、あの寒い部屋の扉を開けて中にサングラスを放り込んでおいて、少し扉を開けたままにして、見張り小屋の中に隠れたの。

あいつ僕を捜しにやって来て、開いてた扉の中を覗き込んで、『こんな所にあった』って中へ入ってってたんだ。で、みんなで飛び出して行って、扉を閉め、鍵を掛けちゃったのさ」

「とっても巧く行ったね」

治郎の言葉に、三人は顔を見合わせ、得意気に肯き合った……。

「何てこった……」

三人が行ってしまうと、私は思わず呟いた。

「君はどうして気付いたんだい？」

「大体が、この事件はちぐはぐなところが多すぎたのよ。巧妙な方法で殺しておいて、死体をわざわざ戻しに来る。まず考えてごらんなさいよ。死体を手押し車にのせて、エレベーターに乗り、廊下を通って部屋まで運んで行くなんて、およそ危険じゃない。ホテルでは相当夜遅くまで客の出入りがあるのよ。人目につかなかったのは全くの偶然としか考えられないでしょう。そんな無謀なことをあえてするなんて、普通の大人では考えられないことだわ」

「それにしても……」

「それから妙だと思ったのは、ほら今日の昼前、ここで竹中さんの奥さんに会った時、あの三人がまだ寝てるって言ってたでしょ」

「憶えてるよ」

「子供ってね、どんなに前の日に遊び疲れても昼までも眠るなんてことは絶対ないものよ。だからきっと親の知らない事情で夜遅くまで起きてたんだな、と思ったわけ。あやしいなと思ったのは、その時なの」

「子持ちみたいなこと言うじゃないか」

「茶化さないでよ。……それで今夜、奥さんの話を聞いて、すべてが分ったの。奥さんは色沼を殺そうとして部屋にいなかった。子供たちは自由に計画を実行できたのね」

「それにしても分らないよ。あの子たちは、一体なぜ色沼を部屋へ連れ戻したりしたんだい？」

「それはね、凍らせた色沼を溶かして元に戻すためよ」

「何だって？」

「憶えていない？　夕食の席で、あの子たちが冷凍食品について訊いてたのを。あの時、奥さんは『温めれば元通りになるのよ』って答えてたわ。あの子たちはどんなものでもそうなんだ、と思い込んだのよ」

「じゃ、色沼のことも――」

「殺そうなんていう気持はなかったし、今でもそうは思ってないわよ。ただこらしめに一時凍らしちゃおう。そういうことだったのよ。だから、大変なことになって気の転倒している監視のおじいさんに言って、わざわざ陽当りのいいバルコニーへ運ばせたわけ。早く溶けるだろうってね」

「あのじいさんの方は」

「いくらあの子たちでも色沼を部屋へ運ぶだけの力はないわ。となったら、あのおじいさんしか考えられないじゃない」

「さっき君は色沼が自分で車に乗ってたと言ったね」

「ああ、あれ？　寒くてこごえそうな人間の心理として、少しでも隅にちぢこまっているんじゃないかと思ったの。あの手押し車は隅にあったし、色沼が自分から乗って、その時にサングラスとスリッパを落としたと考える方が自然だと思ったの。運ぶ時に落ちたら、いくら気が転倒してても気付くでしょうからね」

私は肯いた。

「それにしても……参ったな！」

「どうする気？」

「どうしたもんかね、深草刑事に教えてやっても信じるかどうか。それに、あの子たちの責任を問う訳にはいかんしなあ。そうなると母親の過去は明るみに出ることになる」

「じゃ、このまま？」

「やむを得んね」

「じゃ、事件解決に乾杯しましょう」

甚だすっきりしない気分だったが、私は夕子と一緒にバーへ行って、水割りで乾杯した。喉へぐっと流し込んだとたん、ぎょっとした。

「おい！　――忘れてたぞ！」

「何を？」

「ウイスキーのボトルさ。綾子夫人が青酸カリを入れた。あれは――」

「ああ、あれなら私が処分しといたわ」

「――何だって？」

「死体に外傷がなかったんで、きっと竹中さんの奥さんが毒薬を盛ったんだと思ったの。それで部屋を出る時、持って行ったのよ」

「それは証拠隠滅だ！　重罪だよ。分ってるのかい？」

「あら、結局関係なかったんだからいいじゃないの」

夕子は涼しい顔で言った。

6

翌朝、二人で浜辺へ出て腰を下ろしていると、辰見がやって来た。

「だんな、あの刑事ですがね」

「深草かい？」

「深草だかぺんぺん草だか知りませんが、さっきからホテル中をうろつき回って、オモチャの花みたいなのを客に見せて歩いてますぜ」

「そうだ、忘れてたよ」

「何の話？」

と夕子。

私は警察が色沼の部屋で見つけた、ビニールの花飾りのことを話した。夕子はしばらく眉を寄せて考え込んでいたが、やがて、

「——もしかして、竹中さんの奥さんのサンダル靴についていたのと違うかしら？」

突然、私も思い当った。そうだ、間違いない。

「確かにそうだ。畜生！　どうして気が付かなかったんだろう！」

「男の人って、だめね」

夕子は馬鹿にするように言うと、首を振った。「まずいわね。そんな大事なこと、今まで忘れてるなんて」

「うっかりしてたんだよ」

「どうしても奥さんの過去が明るみに出ることになりそうね」

「――失礼しますよ」

辰がひょいと立ってホテルへ戻って行った。十分ほどして、またやって来ると、いやに神妙な顔つきで、

「だんな」

「何だい」

「自首しに来ました」

「自首？」

「へえ。昔のあれをやらかして来ましたんで」

「何だって？　まさか……」

「深草とかいう刑事のポケットから、例の証拠の花飾りを失敬しましたんで」

「たった十分の間にかい？」

「だんな」

辰はいたく自尊心を傷つけられた様子で、「見くびらないで下さいよ。すり取るのには三分とかからなかったんで。その後女房に電話をしたんでさ。こういう事情でまたやらかしたから、ムショへ行くはめになるかもしれねえってね」

「奥様はなんて？」

夕子が訊いた。

「そういうわけなら、いいことをした。ゆっくり行っといで、ってね」

「素敵な方ね」

「それで、どうせ捕まるなら、だんなに、と思いましてね」

私は嘆息して、

「お前、盗った花飾りは持っちゃいないんだろ」

「そりゃもちろん始末しました」

「じゃお前の自白しかないわけだ。自白だけじゃどうしようもないよ」

辰はにやりと笑って、

「さすが、だんなだ! ねえ、お嬢さん、いい人を見つけましたぜ、あんたは」

「私もそう思うわ」

「じゃ、だんな、俺はこれで発ちますんで。お二人の結婚式には呼んで下さい」

「必ずお呼びするわ」

「じゃ、ご機嫌よう」

辰の後姿を見送って、

「気持のいい奴だ」

「ほんとにね。ところであの刑事さん、どうするかしら?」

「諦めるだろうよ。証拠の品を失くしたなんて、ばれたらクビだからな。しかし、僕がやったことだって、三回クビになって当り前ってところだぜ」

「良心のとがめを感じる？」

「いいや」

「そういうあなたが好きなのよ」

「ところで、さっきのは本気かい？」

「なに？」

「結婚式のことさ」

「さあ、どうかしら」

夕子はちょっと色っぽく流し目になって、「二晩おあずけだったから、今夜あたり、ゆっくり相談してみる？」

「いいね！」

夕子は笑って立ち上がると、きらめく海へ駆け込んで行った。

「警部殿！　こちらでしたか」

振り向くと、深草刑事が砂地に靴をめり込ませながら額の汗をふきふきやって来る。

「警部殿はよせと言っただろう」

私は言った。「何事だね、一体？」

「はあ、それが色々とありまして……。えい、畜生、靴が砂だらけだ」

「裸足になればいいじゃないか」

「なるほど！　いや、全くですな」

「そんなことに感心してないで、話があるなら早く言えよ」

「いや、全くで……。実は、大切な手がかりを紛失してしまいまして」

「そいつは大変だ」

私は大げさに驚いて見せた。

「はあ。ですがその大切な手がかりは、本当は大切ではない大切な手がかりだったので……」

「何だって？」

「その……つまり、それはどうでもいいので、もっと大変なことが持ち上がりまして」

「だったら、それを先に言えよ」

「全くで。……その、例のけしからん支配人ですが、奴が首を吊りまして……」

「何だって！」

私は思わず腰を浮かした。

「死んだのか？」

「いえ、手近にロープがなくて、使ったのが、古い女性のストッキングだったので、伸びて床に足が着いちまったものですから、少々首を痛めただけでした」

ストッキング？　こいつは前代未聞だ！

「無事で良かったじゃないか」

私は笑いながら、「しかし、君もあまり気の弱い人間をいじめない方がいいぜ」

「はっ、心いたします」

と頭をかいている。

「で、話ってのは、それだけかい？」

「いえ、もっと大事なことが――」

私は国語教育の貧困を思って、ため息をついた。

「支配人が自殺しかけたという知らせを聞きまして、自首して来たのであります」

「誰が？」

「例の張り番のじいさんです」

「――そうか」

私は平静を装って、「で、何と言ってるんだね？」

「はあ、ゆうべ、外へ出て戻ってみると、少し扉が開いていたので、中を確かめずに、閉めて鍵をかけてしまったらしいのです。ですが、後でどうも気になるので、調べに行くと、色沼が冷たくなっていたというわけで。……すぐ届ければいいのに、怖くなったんですな、死体を手押し車にのせて布で覆いをして部屋へ戻し、後は知らん顔を決め込もうと思ったんだそうで。時間がたてば、死因が分らずに済むかもしれないと、素人考えであてにしていたらしいです。ところが支配人が首を吊ったと聞いて、責任を感じて、申し出て来たという次第で……」

深草刑事は一息入れると、

「それにしても、色沼という奴はなぜ、あんな所へ入り込んだんですかなあ」

「物好きな奴ってのはいるものさ。でかい冷凍庫があると聞いて、覗いてみようと思ったのかもしれない。酔っていたかもしれんしね」

「そうですな。いや、全く、さすが警部殿で……」

「警部殿はよせと言ってるだろう」

事件は、こうして落着した。老人は結局あの三人組には一切触れなかった。無邪気な三人を事件に巻き込みたくなかったのだろう。しかし老人にも全責任があるわけではなく、支配人ともどもさんざん油を絞られて、事件は単なる過失として処理された。

綾子夫人は、やっと到着した夫君と子供たちとともに、私たちがホテルを引き揚げる日もまだ楽しく海辺を走り回っていた。あの子たちもやがて自分たちのしたことの重大さを悟る日が来るだろう。

「彼らは彼らなりに解決して行くわよ」

夕子が預言者《よげんしや》めいた様子で言った。

私たちは残りの休暇を充分に楽しんだ。どういう風に？　まあ、ともかく楽しんだのだ。帰りの車の中で大欠伸《あくび》をするほどに！

ところにより、雨

1

「ふん」

と私は言った。

「どうしたの、一体？」

永井夕子がイライラを顔に出して、私をにらんだ。

「何が？」

「さっきから、『ふん』『ふん』って、そればっかりじゃないの。金魚のフンじゃあるまいし、そうずらずら続けないでよ」

しかし、これは不当な言いがかりというもので、実際、私は「ふん」と言ったのであって、せせら笑ったのでも、感心したのでもない。「ふん」一本槍《やり》だったのは、他に言う事がなかったからで、何も言わないよりはいいだろうと思ったからだ。

え？　ピチピチした可愛い娘と向かい合って話し込んでるのに、「ふん」しか言えないなんて、だらしがないって？　しかし、まあ私の身にもなってほしい。誰だって、憎からず思っている女性が、他の男性の事をほめちぎるのを聞いたら、「ふん」とでも言うしかないではないか。嫉妬《しっと》に狂ってわめき散らすには、私は四十歳でありすぎるし、今から行ってその野郎をブッ殺してやるには、警視庁捜査一課の警部でありすぎるのだ。

「ごめん、ごめん」

私は至っておとなしく言った。永井夕子は喫茶店の広いガラス窓越しに表を見て、

「でも、いいお天気ね、本当に」

と感に堪えないような声を出し、それから私の方に向き直って、

「だからね、テーマの選び方だと思うのよ、問題は」

まったく今の若者の話があちこちに飛ぶ事と来たら、変幻自在に出没する空飛ぶ円盤みたいなもので、こっちはついて行くのに息切れしてしまう。

まあ要するに、こういう話だった。——永井夕子は、現在T大学文学部の四年生で、明日、十一月三日から五日まで開催される大学祭の企画委員に選ばれている。夕子は教養部門（！）の担当なのだそうで、一日につき一件ずつの講演のテーマを考え出し講師を交渉して引っ張って来なくてはならない。楽ではなかったようだが、それでも初日は、ニヒルな顔立ちで、もっぱら女子学生に人気のある作家に〈小説の中の女性像〉というテーマで、二日目は最近離婚したばかりの結婚カウンセラーの某女史を呼んで、〈失敗

した結婚の実例研究〉（!）をそれぞれしゃべらせる約束を取りつけた。ところが、もう一人が決まらない。いや、一旦は承諾したある旅行家が、突然思い立って北海道へ行ってしまったのである。何しろ大学祭は明日からなので、急いでその穴を埋めなければならない。そこで何と！――私に何かしゃべらないかと言い出したのだから、こっちは仰天どころではない。

「こんなテーマでどうかしら？〈殺人現場から犯人逮捕まで〉――何か具体的な面白い事件を一つ選んで、実録ふうにしゃべってくれればいいのよ」

「おい、ちょっと待ってくれよ」

「他のテーマっていうとねえ……。あなたにしゃべれそうなのは、〈老人問題〉ぐらいかな」

「おい！」

私はいささか憮然《ぶぜん》として、「君は僕が承知するもんだと決めてかかってるのかい？」

「あら、だって、それはそうよ。私を愛してるんでしょ？」

「そ、それは……まあ……」

私はぐっとつまった。四十男がいきなりそんな事を訊かれてどう答えられるというのか。

「じゃ、引き受けてくれるわね」

ああ、やれやれ……。

「それでひと安心だわ。——で、日は十一月五日、時間は午後一時から一時間ね」

「一時間も？」

「大丈夫よ、たった六十分じゃないの。——ああ、それから謝礼の事なんだけど……」

私は初めて熱心に身を乗り出した。謝礼か！　そいつは考えなかったぞ。

「実はねえ」

夕子は言いにくそうに、「一日目の結婚カウンセラーの女史が、凄くガメツイ人でね、こっちの言った謝礼じゃ承知しないのよ。他からも、その日、口がかかってるから、そっちにしますって言い出したんで、慌てて、それなら二倍払いますって言っちゃったの。で、まあ、予算の枠《わく》が決まってるもんだから……」

私は、希望という名のバラ色の風船が惨《みじ》めにしぼんで行くのを、じっと見つめた。

「別にいいさ、君のためなら、無料奉仕するよ」

と無理をする。

「そう言ってくれると思ってたわ。私の恋人ですものね！」

「何だか都合のいい時だけ恋人にされてるような気がするな」

へへ……と夕子は舌を出してみせた。そのいたずらっ子のような所が何とも可愛い。

私の如きいかつい警官を参らせたのは、そんな愛くるしさである。しかしこの娘が、ひとたび難事件を前にすれば、女シャーロック・ホームズに早変りして、私の度肝を抜く推理の冴《さ》えを発揮するのだから、人は見掛けでは分らない。

「でも、それじゃあんまり申し訳ないわね」

夕子はコーヒーをすすりながら、「じゃ、こうしましょう。五日に、大学祭が終ったら、あなたを私の部屋へご招待するわ」

「本当かい？」

私の胸がティンパニを乱打した。文字通りの恋人であり、暇な週末などにはちょっとした旅行もする仲なのに、私は夕子の住んでいる場所も知らない。両親を事故で亡くして、一人暮しだとは聞いていたが、彼女の住むのが、バラックのアパートなのか、小粋なマンションなのか、一向に聞かされていなかったのだ。

「ボロ家だけど、がっかりしないでね」

「大丈夫さ。何なら今からでも――」

「だめ」

夕子は私をにらんで、「講演料は講演が終ってからよ」

「分ったよ」

私はため息をついて、「しかし、何をしゃべるかなあ。人前で話をするのは得手じゃないんだがね」

夕子は入口の方を見て、パッと顔を輝かせると、

「ほら！　あれがさっき話した川島《かわしま》先生よ。――先生！」

振り向くと、なるほど若い女学生にもてそうな、三十代半ばの男が、魅力的な笑顔を見せながら、こっちのテーブルへやって来る。さっきから夕子がほめちぎっていたのは、この川島という文学部の助教授の事だったのである。長身で、いかにも仕立の良さそうな背広がよく身についている。やや長髪にした髪が、きれいに撫《な》でつけられて、陽焼けした面長《おもなが》の端正《たんせい》な顔には、一種知的な上品さがあった。きっといい家の息子なのに違いない。

「やあ、永井君」

「先生、こちらが、五日の講演を引き受けて下さる宇野警部さんです」

「これはどうも。面倒をおかけして」

川島はていねいに言って、夕子の隣へ腰を下ろした。夕子が愉快そうに、

「先生、悪いんですけど、横の方へ椅子を持って行ってくれません？」

「え？」

「この人、とっても嫉妬深いんです」

私は真っ赤になって、いや、そんな事、と打ち消したが、川島は笑いながら席を移して、

「いや、気がきかなくって。――永井君には私もほれ込みましてね、食事に誘ったことがあるんですが、『私、警視庁に勤めてる恋人がいますから』と、きっぱりやられましたよ」

私は苦笑いして、額《ひたい》の冷汗を拭ったが、内心、なかなかいい気分だった。この手のキザな男は、通常最も私の嫌うタイプだが、まあ悪い人間でもなさそうじゃないか、と思い始めていた。実際、タイピンにヒスイが使ってあり、指には外人のように、貴石をはめ込んだ指環をしながら、それでいていや味にも見えないというのは、珍しい。

大学祭の顧問だという川島を加えて、私たちは、講演の内容について打ち合せを始めた。私が面白そうな事件をいくつか選んだ上で、明日、もう一度夕子に会ってそのうちのどれにするかを決めようということになった。

その後、最近の学生気質などについて、雑談をしていた時だった。ひどく慌てふためいて、店へ飛び込んで来た青年があった。

「あら、先生、中野《なかの》さんですよ」

夕子が気付いて言うと、

「本当だ。どうしたんだろう。――おい、中野君！　こっちだ！」

川島は私に、「私の研究室にいる助手なんですよ」と説明した。

中野と呼ばれた青年は急いで駆け寄って来ると、息を切らして、

「よかった！　捜してたんです、先生！」

「どうしたんだ？」

「大変な事になったんです。来て下さい」

「何だ？　頼んであった本の事かね？」

「いいえ。実は、青木《あおき》君が――」

「青木君が？　どうしたんだ」

「その――死んじゃったようなんです」

あまり突然「死んだ」という言葉が出て来たので、私たち三人は、お互い聞き違いではないかと顔を見合わせた。

「し、死んだって？」

川島は訊き返した。中野は頭をかいて、

「ええ……たぶん……」

「たぶん？　一体何を言ってるんだね？」

「いえ、それがえらく妙なんです。――あんな妙な事が――」

「川島先生」

私が話に割って入った。「どうも私の領分かもしれませんね。ご一緒しましょうか」

「ありがたい！　お願いしますよ。よし、行こう」

喫茶店は大学の正門の目の前だ。長い銀杏《いちょう》並木に挟まれた道を辿《たど》って、広いキャンパスの芝生の間を抜けて行く。明日からの大学祭に備えて、どこでも学生たちが忙しく走り回っている。

私たちは四階建の建物の中へ入って、階段を降りて行った。

「地下室なんです」

川島が階段を降りながら、私に説明した。

「書庫になっていましてね」

階段を降りると、両開きのドアがあった。中野がドアを開けると、

「階段の下です」

と言って、傍へどいた。中は、やや薄暗く、埃《ほこり》っぽい匂いがした。背の高い書架がずっと狭い間隔で立ち並び、分厚い本がびっしり棚を埋めている。

「あそこだわ」

夕子が押し殺したような声で言った。声がやや響いて大きく聞こえる。――入って来たドアのすぐ横手に、さらに下へ降りる急な階段があった。

「地下二階まであるんです」

川島が私に言った。

ビルの非常階段によくあるスチール製の急な階段だった。その降り切った所に、一人

の男が仰向けに倒れている。

「医者は？」

と私は中野青年の方へ向いて言った。

「いいえ……死んでると分ったんで……」

「君は医者か？　早く呼んで来るんだ！」

私が怒鳴りつけると、中野は飛び上がって、部屋を走り出て行った。私は言った。

「失礼しました。えらく動転していたようですからね。ああ言った方が気分が落ち着くんです。降りてみましょう」

私たちは急な階段を、そろそろと降りて行った。倒れているのは長身の、やせた男で、三十歳前後だろう。私はかがみ込んで脈を取り、胸に耳を当ててみた。

「確かに死んでいます。まだ死後間もないと思いますが」

「何て事だ！」

「気の毒に……。いい人だったのに」

夕子が呟《つぶや》いた。

「どういう人なんですか？」

「私の助手です。本の虫、というか、この書庫に閉じこもっているのが一番好きだと言っていました。優秀な学者になれる男だったのですが……」

川島は、やや青ざめた面持で頭を振った。

「落ちたのかしら？」

夕子が階段の上を見上げながら言った。

「おそらくね」と私は肯いた。「急な階段だ。足を滑らせたんだろう。見た所、首の骨が折れているようだ」

「メガネがそこに落ちてるわ」

死体から一メートルばかり離れた所に、粉々にレンズの割れたメガネが落ちていた。

「この人のものですか？」

「ええ。青木君のだと思います」

と川島は肯いて、「上に行っていて構いませんか？　どうもこういう事には慣れていないもので……」

「ああ、ごもっともです。どうぞご自由に」

夕子は私と一緒に残ると、しばらく死体を眺めていたが、やがて私の顔を見ると、

「どういう事？」

私は肩をすくめた。夕子はかがみ込んで、死体を調べ始めた。彼女の目が輝いている。何か奇妙な謎に出合った時の興奮が彼女を捉えているのだ。一人の女学生が今は探偵に変身している。

実際、わけが分らなかった。川島は死体を見ただけで気分が悪くなったようで——普通の人間なら当り前のことだ——何も気付かなかったが、死体の服装が何とも奇妙であった。くたびれたレインコート、そしてゴムの長靴、手には大きな傘を持っているのだ。それはどう見ても、今からどしゃ降りの戸外へ出て行こうとする所だったとしか思えない。だが、外は快晴で、雲一つない天気なのだ。朝から、にわか雨一つなかったというのに、一体、この格好は何のためだろう?……

「妙ね。——確かに事故死かしら?」

「そうでないという証拠はないね」

「でも誰かが上から青木さんを突き落としたら?」

「それは分らないさ。だが、殺人だとはっきりしない限りは、事故死と考えざるを得まいね」

「でも、このスタイル、どう思う?」

「それは僕も妙だと思うさ。でも、だからってそれが人殺しには結びつかないよ。それとも、この仏が人に恨まれてでもいたのかい?」

「いいえ」

と夕子は渋い顔で、「こんなに誰からも恨まれていなかった人もないでしょうね。もう勉強の虫、本の虫で、他の事には一切興味がなかったの。たぶん大学祭があるなんて事も知らなかったんじゃないかしら。研究の事以外は何を聞いても右から左――。一度、家へ帰るのにどの駅で電車を降りていいか忘れちゃって、駅員に『僕の家へ行くにはどこで降りるんでしょう』って尋ねたくらいですものね。世事《せじ》に疎《うと》い学者タイプの最たるものだったわ」

「そんな人間が今時いるのか。もうとっくに博物館行きかと思ってたよ。――家族は？」

「それがね、とってもきれいな奥さんがいるのよ」

「へえ」

「やっぱりこの研究室にいた人なんだけど、とても飾り気のない美人でね、いい人なの。二年前に結婚したのよ。仲人は川島先生のご両親だったわ」

「両親？」

「川島先生のお父さんは、やっぱりこの大学の教授だったの。去年亡くなっちゃったけど、偉い学者だったのよ。――青木さんの奥さん、お気の毒だわ」

そこへ大学の医者があたふたと駆けつけて来た。私は自分の身分を説明し、一応変死事件だから、警察へ連絡を取ってくれるように頼んで上へ行った。川島は書架にもたれて、私たちを待っていた。

「終りましたか？」

「ええ。後はあのお医者さんが処置してくれるでしょう。とんだ事でしたね」

「助かりました。青木君には私も一番期待をかけていたので、ショックですよ、全く。――そうだ、彼の奥さんにも知らせなくてはいけない」

「私、知らせましょうか？」

夕子が言った。川島は首を振って、

「いや、辛い仕事だが、私がやらなければ……」

「一つお訊きしたいことがあるんですが」

と私が口を挟んだ。

「何でしょう？」

「青木君は、レインコートやらゴムの長靴やらを書庫に置いていたんですか？」

川島は質問の意味が分らない様子で、いぶかしげに私を眺めていたが、やがて、

「そうか……。妙ですね、あの服装。今やっと気が付きましたよ」

と肯いた。「――いや、青木君は研究となると、時間の見境などなくなる男でしてね、気が付くと真夜中、っていう事も年中で、あの書庫に泊ってしまう事もよくあったんです。傘やレインコートや長靴も確かに置いていたようですね。――しかし妙ですね、こんな日に」

「全くです」

一階へ上がると、すぐ目の前の教室から女学生が一人飛び出して来た。

「ああ、川島先生、よかった！　捜してたんですよ」

「何だね？」

「どうしても低音がすっきりしないんです。何とかして下さい」

見れば、教室の入口に、〈レコード・コンサート〉と書いてある。明日の準備なのだろう。

「何度もスピーカーの位置や椅子を動かしてみたんですけど、だめなんです」

その娘は今にも泣き出しそうだった。

「空のビールびんを三十本ばかり集めて両側の壁際に並べてみるといいよ。それできっとすっきりすると思う」

「分りました、やってみます！」

娘はパッと顔を輝かせて、「やっぱり先生だわ。もうみんな諦《あきら》めてたんです。ありがとう！」

この先生は、よほど人気があるんだな、と私は微笑した。川島は、青木助手の死を奥さんに知らせるために立ち去って、夕子も企画委員会があるから、と明日会う約束をして行ってしまった。

私は一応、警察が来るまで待つ事にして、その辺をぶらついた。できるだけこのニュースが学生の間に広まらないようにしたかった。せっかくの大学祭なのだ。それに事故にすぎないのだろうし……。

しばらくして、所轄署の刑事が到着したので、私は簡単に状況を説明した。やや奇妙な点があるので、本庁（警視庁）から検視官を呼んではどうかと提案すると、刑事もすぐに同意して、三十分後には顔なじみの検視官が鑑識の連中とともにやって来た。

検死はいつも通りの手順で行なわれたが、極力目立たないように気を配ったので、明日からの準備に忙しい学生たちには、ほとんど気付かれなかっただろう。検視官の所見でも、他殺を示唆《しさ》する発見はなく、階段からの転落死だろうと推定された。

そこまで確かめて、私は大学の構内を出た。校門を出ると、ちょうどタクシーが停って、川島助教授が降りて来た。そして続いて降りて来たのは、小柄ながら、芯の強そうな、美しい女性だった。顔は青ざめ、目は明らかに泣きはらして赤くなっていたが、しっかりと唇を結んで、川島の先に立って大学へ入って行く。——死んだ青木助手の夫人に違いない。いささか重い気持で私は駅へ向って歩き出した。

2

その夜、私は官舎の一人暮しのむさ苦しい六畳間に、過去のいくつかの事件の資料を広げて、講演するのに向いた事件はどれかと、一つずつ検討していった。十二時近くまでかかって最終候補を三つに絞《しぼ》り、さて、眠ろうかと欠伸をした所へ電話が鳴った。

驚いた事に相手は川島助教授だった。

「夜分、申し訳ありません。永井君からそちらの電話を伺って、ご迷惑とは思いましたが……」

「いや、構いません。何のご用です？」

「実は今夜、十時頃、中野君から電話がありまして——例の、青木君が死んだと知らせて来た助手です」

「憶えていますよ。それで？」

「何か大事な話があると言うんです。訊いても電話ではだめだと言うだけで、今から行っていいかと訊くので、構わんと返事をしたんですが、今まで待っても、さっぱり現われないものですから、ちょっと気になりまして」

「中野君の家は？」

「下宿なんです。電車を使って一時間もあれば来るはずなんですが」

「下宿に電話は？」

「あるとは思うんですが、取り次いでくれないらしくて、番号を聞いていないんです」

「何か青木君の死と関係のある話のようでしたか？」

「さあ、それが……。何しろ電話では話せませんとくり返すだけでしたから」

「なるほど」

「何でもない事かもしれないんですが、何しろ今日の事故の後だったもので、つい気になりまして……」

「いや、ごもっともですよ。こちらで手を打ちましょう。中野君の下宿の場所は？」

どうも、どうも、と互いにくり返して電話を切ると、私は、署で中野助手の下宿にほど近い交番を調べてもらい、そこの巡査に一応、その下宿に足を運んでもらうよう手配してから床についた。

――しつこく鳴り続ける電話に目を覚ましたのは朝の六時だった。布団からもぞもぞ這い出すと、受話器を取って、「あーん」と唸り声を出す。

「宇野警部ですか！」

間違いようもない、原田刑事のだみ声である。しかも、やたらに張り切っている所からみて、何か事件に違いない。

「原田か。何だ？」

「殺しです。すぐ来ていただきたいんですが」

「俺が行かなきゃだめなのか？」

私は、ともすればくっつきそうになる瞼を必死で押し開けながら言った。「何か問題があるのか？」

「はあ……。どうも訳が分らんのです」

「何がだ？」

「状況が実に奇妙でして。何が何やらさっぱり分らなくて……」

実に良く分った説明だ。私はため息をついて、

「分った、すぐ行く」

「助かります！　お待ちしてます！」

「それで——おい！　——おい！」

私は受話器をにらみつけた。現場がどこかも言わずに切っちまうなんて！

本庁に問い合わせて、現場は杉並の上井草の一角だと分った。

七時過ぎ、十一月の朝はもう底冷えのする寒さである。住宅街の中にぽっかりと雑木林が残り、自動車道路から林へ数メートル入った所に、警察の人間たちが集まっていた。茂みに足を取られながら踏み込んで行くと、原田刑事の、石壁のようにでかい背中に突き当った。

「おい、原田、どうした」

「やっ、宇野さん、どうも！」

「被害者《ガイシャ》は？」

「ここです」

〈壁〉がどくと、布で覆った死体があった。

死体を見るために布をめくる瞬間というのは、私のように多々経験を積んだ者でも、思わず目をつぶりたくなるものだ。私はいつでも最悪の状態を予想して布をめくる事にしている。

「これは――」

と絶句して目を見張る。――といってもご心配なく。首のない死体、といった残酷場面ではない。私が驚いたのは、それがあの中野青年だったからだ。いや、それだけではなく、その死体が、レインコートを着て、ゴムの長靴をはき、手に傘を持っていたからなのである。

「妙でしょう？　ね、宇野さん」

原田刑事が大きな図体に似合わぬ、甘ったれ声を出す。「昨日も今日も、雨なんか、これっぽっちも降ってないんです。それなのに、この格好と来たら……。どうなってんです？」

こっちが訊きたいよ。どうなってるんだ！

T大学のキャンパスは、大学祭の初日で、大変な賑わいを見せていた。あちこちにテント張りの模擬店なども出て、陽の当る芝生に腰を下ろした学生たちは、おでんだの焼そばだのを食べながら、おしゃべりに余念がない。

私と原田刑事が、昨日とすっかり様子の変ってしまった構内で、昨日の建物を捜して
うろうろしていると、

「大きな迷子が二人！」

と背後から声がして、夕子が笑いながら芝生をやってくる。

「やあ、お嬢さん」

いつぞやの事件で夕子の働きをつぶさに見て、すっかり心服している原田刑事が、相
好を崩して挨拶《あいさつ》した。

「わざわざ見に来ていただいたの？　悪いわね」

「そうじゃないんだ。――川島先生は？」

「さあ、さっきはオーディオ研究会の展示室にいたけど。先生、あそこの顧問してる
の」

「案内してくれないか」

「いいわ。――仕事なのね？」

「そうだ」

夕子が、ちょっと表情を引き締めた。歩きながら、私は中野助手が殺された件を話し
た。

「凶器は？」

「近くに血のついた石が転がっていたよ。後頭部を殴られたんだ」

「死亡推定時間は？」

「十一時前後ってことだったよ」

「それで……中野さんの、レインコートや雨具は、中野さん自身の物だったの？」

「そうだ。レインコートには、ネームが縫い取ってあるし、傘には、ローマ字で名前のテープが貼ってあった」

「そう」と夕子は肯いて、「殺された時、中野さんはそのレインコートを着ていたのかしら？　それとも、後から着せられたのかしら？」

「飛び散った血がコートにも付いていたからね。殺された時、コートをすでに着ていたんだよ」

「すると、中野さんが自分でコートを着たっていう事ね……。分らないわ」

「お嬢さんにも分りませんか」

原田が難しい顔で言った。「それじゃ、私にゃとても無理だ」

「でも、そうなると、昨日の青木さんの死も、単なる事故とは思えなくなるわね」

「そうなんだ」

私は肯いた。「殺人の可能性が濃くなって来た。その線で調査してみなくてはならんだろうね」

オーディオ研究会と書いたポスターのある教室へ入ると、私は思わず目まいがした。音などというものではない。振動がじかに体を揺さぶり、ずらりと並んだ巨大なスピーカーから押し寄せる音に、本当に部屋から押し戻されそうな気がした。

私は原田に何か言った。いや、言ったと思うのだが、何も聞こえないので、自分でもいささか自信がないのである。聞き取れたはずはないが、私の口がパクパク動くのを見て、原田も何やら口をパクパクやった。特大の金魚が呼吸困難に陥ったというところだ。

私は、ヘッドホンに聞き入っている川島を見つけると、そばへ寄って肩を叩いた。川島は私の顔を見ると、肯いて、外へ出ようと手ぶりで示した。パントマイムが終ったのは、建物の入口のホールへ出てからのことだった。

「——いや、全く、凄い音ですね」

私は頭を振りながら言った。

「大丈夫ですか？」

川島は笑いながら、「初日なので、少し景気づけにと思いましてね。——それはそうと、昨晩は失礼しました。今朝、様子を伺おうと思って警察の方へお電話したのですが、出られているとのことで……。何か分ったんですか？」

「実は大変なことになりましてね。中野君が殺されたのです」

愕然《がくぜん》としている川島へ、私は大体の状況を説明した。

「何と！　奇怪な話ですね！」

「まったくです。——現場は、ちょうど中野君の下宿と先生のお宅の中間に当りましてね。おそらく、お宅へ向かう途中で殺されたんでしょう」

「何て事だ……。二人までも……」

「そこで当然、昨日の青木君の死についても、殺人だったのではないかという疑いが出て来ましてね」

「そうですね。しかし、本当に、二人とも人から恨まれる男ではなかったんですよ」

「中野君は、青木君の死について、何か知っていたのでしょう。だから犯人に消された」

「せめて、昨日の電話で何かしゃべっていてくれたらなあ……。もっと打つ手もあったでしょうに」

「今となっては手遅れです。一応私どもは、青木君が殺されたものと考えて捜査を進めて行くつもりです。——で、青木君の奥さんにお会いしたいんですが」

川島は手帳を破って、青木の住所と電話をメモすると私に手渡し、

「一刻も早く解決されるように祈ります」

と、すでに落ち着きを取り戻して言った。

私は、一応昨夜の事情について、調書を取るので、夕方にでも警察へ出向いてくれるように頼んで、川島と別れた。

「若いのに、しっかりした人だな」

「スタイリストなのよ」

「何です？」

と原田刑事が耳をそばだてる。「ファッションモデルか何かですか？」

「まあ、そんなもんだ」

私は受け流した。本気で答えているときりがない。夕子が、ふっと足を止めて、

「あ、ここなのよ。覗いて行く？」

「何が？」

「あなたが話をする所よ」

すっかり忘れていた。私は頭をかいて、

「しかしなあ……こんな事件があったんじゃ、とても時間が取れないと思うよ」

「だめ」

と夕子はにべもない。「私に恥をかかそうっていうのね？　私が、プログラムに穴をあけた責任を負って首を吊ってもいいっていうのね？」

「分ったよ、分ったよ。何とかするよ」

私は慌てて弁解した。「――じゃ、ちょっと中を見せてもらおうか」

そこは校舎とは離れた二階建のレンガ色の建物で、ガラス張りになった半分は図書館であった。残る半分が、三百人収容の階段状の講義室で、ここで話をする事になるのだ。

今はまだ午前中なので、中には誰もいなかった。

「こんな広い所で話ができるかなあ」

私は入口から中を見渡して、「自信がないよ」

「だって、宇野さん、マイクを使うんでしょ?」

と原田が見当外れなことを言い出す。

「当り前だ。俺が言うのは、こんな大勢の人間の前で話をするのは初めてだから、心配だってことさ」

「なるほど」

原田はえらく真剣に考え込んでいたが、やがてパッと顔を明るくして、

「でも、大丈夫ですよ、宇野さん。だって、満員になるとは限らないでしょ。ガラガラで、数えるほどしかいないかもしれません。それなら平気でしょ」

私は氷のような感謝を込めて、原田をにらみつける。

「ありがとう……」

「ね、ちょっと練習してみたら?」

「まだ何を話すか決めてないのに」

「話す練習じゃないわよ。ステージに立つ練習よ」

「おいおい、タレントじゃないんだぜ」

「あら、登場がビシッと決まるかどうかが、聴衆の心をつかむ鍵なのよ。――ほら、あっちのドアから、マイクの前まで歩いてみて」

ニヤニヤしながら眺めている原田を極力無視して、私は渋々言われた通りに教壇へ上がった。

「こんなもんでいいのかい？」

「ねえ、そんなにドタドタ足音をたてなきゃ歩けないの？」

「そんなにやかましかった？」

「蹄《ひづめ》があるみたいよ」

私は足音を殺して、もう一度教壇へ上がった。

「今度はどうだい？」

「泥棒に入る訳じゃあるまいし、抜き足さし足でなくたっていいのよ。もっとこう、きびきびと大股に」

「難しいんだな」

「――ね、頭をピョコピョコ上下させないようにして。――そう、そのますっとこっちを向いて。——だめだめ！　正面を向かないで、少し半身に構えて。そう。もっと顔を上げて。階段状だから、みんなそっちを見下ろしてるのよ。少し視線は上の方に。——天井まで行っちゃだめよ。もっと下げて……」

そのうち、「ハイ、息を止めて、動かないで」と言われて、レントゲンでもとられるんじゃないか、と思った。

「それじゃ、また明日練習しましょう」

夕子は、子供にレッスンを施《ほどこ》すバレエ教師よろしく言った。

「主人が……殺された？」

青木助手の妻、今は未亡人となって、黒いワンピースに小柄な体を包んだ青木治子《はるこ》が、放心したような様子で呟いた。

「今もお話しした通り、ご主人と同じ研究室におられた中野君が、ご主人が亡くなった時と全く同じ服装で殺されたので、ご主人の場合も、もしかして誰かに階段から突き落とされたのではないかと考えたわけです。それとも、ご主人があいう服装をしておられた事に心当りでも？」

「いいえ……。不思議ですわね、考えてみると。今まで気にも止めませんでした」

「誰か、ご主人を恨んでいたような人間の心当りはありませんか？」

「いいえ」

青木治子は寂しげに微笑んで、「あの人は一向に世間の事に関心のない人でしたから」

「そのようですね。――最近、特に誰かと争ったというような事は？」

「研究上の事では、いつも他の人と論争しておりましたけど、それ以外には……」

青木治子は当惑顔で首を振った。その後、いくつか質問してから、私は原田とともに、彼女のもとを辞した。

「てんで手がかりなしですなあ」

原田がぼやいた。「学問的な論争で殺されるってこともなさそうだし」

「そいつは分らんさ。ああいった人間には、シェークスピアが脚気《かっけ》だったかどうかってのが、何よりの重大事なんだ」

「そんなもんですか」

「それにだ、他にも動機らしきものはあるじゃないか」

「何です？」

「あの夫人さ。――なかなか美人じゃないか。あれは立派に世俗的な動機になるよ」

私はそう言って、原田へ肯いて見せた。

夕方、六時ともなると、もうすっかり闇夜である。大学の構内は、それでもまだ行事が続いているらしく、いくつかの建物から学生が出入りしていた。方々捜して、やっと夕子を見つけると、学生食堂でコーヒーを飲んだ。

「青木助手の奥さんをめぐって、何かこう、いざこざはなかったのかい？」

「私もそれは考えてみたんだけど……。私も、別に個人的に親しかったわけじゃないから」

「それはそうだね。まあ、こっちも聞き込みをやらせているから、何かつかめるかもしれない」

「中野さんの事件の方は、何か分って？」

「いや、まだだ。犯人はたぶん中野君が下宿を出るのを見ていて後をつけたんだろう。下宿の人たちにも訊いてみたが、何も出て来なかったよ」

「そう。ともかく、あの雨支度ね。あの理由さえ分れば……」

「こいつは君向きの事件だと思うがな」

「おだてちゃって」

と夕子は笑顔でにらむ。

「そのうちきっと、はっとひらめくから、待っててよ」

「期待してるよ」

「ね、それはそうと、何の話にするか決めた？」

「ああ、一応三つばかり選んでみたんだがね、しかし考えてみると気が進まないね」

「何よ今さら――」

「だってそうじゃないか。この大学の人間が二人も変死して、それが解決してもいないのに、難事件をかくの如く解き明かしましたなんて、大きな顔して言えやしない」

「それもそうね……」

夕子はロダンの〈考える人〉のポーズで考え込んでいたが、やがて、

「何だ、どうってことないじゃない」

と気楽な様子に戻った。

「というと？」

「講演は明後日《あさって》なんだから、それまでに解決すればいいのよ」

「あっさり言うね。まだ何の手掛りもないっていうのに！」

「私が解決してあげるわ」

「ほっ！　大きく出たね」

「期限を切られて捜査に当るなんて、ちょっと乙じゃない？」

「甲でも乙でもいいがね、そんな事、請け合って大丈夫なのかい？」

「私を信用しないの？」

夕子にキッとにらまれて、私は慌てて、

「いや、そうじゃないけどね」

「私、試験だって、いつも一夜漬の方が成績がいいんだから」

「妙な自慢だなあ」

その時、校内放送が「宇野警部さん、宇野警部さん。いらっしゃいましたら、至急正門前へお越し下さい」とアナウンスした。

「何だろう」

私は夕子と顔を見合わせた。

「私も行くわ」

私は夕子と共に、すっかり暗くなった構内を抜けて、正門へと急いだ。正門の前に、パトカーが赤い灯を点滅させながら停っていて、原田の巨体がうろうろしているのが見えた。

「おい、何事だ!」

「あ、宇野さん! よかった! いらしたんですね」

「何かあったのかい?」

「殺しですよ。あの川島って先生の――」

「川島先生が殺されたの?」

夕子が思わず声を上げる。

「いや、本人じゃなくて、おふくろさんなんですよ、殺されたのは。たった今、連絡があって」

私と夕子はパトカーへ飛び込んだ。

3

事件は全く新しい様相を呈して来た。青木、中野の二人が殺された時点では、大学とその周辺だけに、捜査の網を張ればよかったのだが、川島助教授の、それも本人でなく、母親が殺されたとなると、動機や手段の点で全く話は違って来る。

「川島先生の母親っていうのはどういう人なんだい？」

パトカーの中で、私は夕子に訊いた。

「昨年亡くなった川島教授は養子だったのよ。川島家は実業家で大変なお金持だったし、殺された奥さんは一人娘だったの。子供は三人いて、長男が、川島先生。次男がずっと年齢が離れてて、まだ二十四、五かな。確か大学を出たきり、仕事もしないでブラブラしてるはずよ。一番下が女の子で、川島綾子《あやこ》。私と同じ年齢で、あの大学の四年生なの」

「じゃ、同窓ってわけか」

「でも、ちょっとひねくれた子なの。悪い人じゃないけどね。ほとんど学校にも来てないの。絵を描くのが好きで、本当は美術大学に行きたがってたんだけど、お母さんがあの大学の理事でしょう。娘に訊きもせずに入学の手続をしちゃったのよ」

「話を聞くと、その殺された母親っていうのは、かなり活動家だったようだね」

「ええ。父親の事業を引き継いで立派に成功させてたんですもの。かなり猛烈なバイタリティの持主だったわ」

「それに金持か」

「当然ね。だから下の子供二人は、別に将来の心配もせずに、のんびりしてられるのよ」

「川島先生だけは頑張って過保護を脱したってわけだな」

と私は肯いた。

「でもこれでまた大変ね。――今までの二つの死と、この事件と関連があるのかしら?」

「何とも言えないがね……。しかし、こう続けて身近に殺人が起こるなんて偶然とは考えにくいよ」

「そうね……。でもそうなると、川島先生、微妙な立場ね」

「そうだ。何しろ三人全部に関係しているのは、川島先生だけだからな」

「でも最初の青木さんが死んだ時、先生は私たちと一緒だったわ」

「そうか。——そういえばそうだ」

「少なくとも三十分ぐらいはたってたでしょう、あの店に先生が入って来てから。青木さんはまだ死んで、そんなにたっていなかったわ」

「せいぜい十分ぐらいだったよ。——なるほど、そうなると川島先生には無理だったわけか」

「三つの事件が互いにつながってるとして、の話だけどね」

夕子は考え込みながら言った。しかし、何十分か後、杉並の豪華な川島邸へ着いて、殺されている川島好子《よしこ》の死体を見下ろした私たちは、いやでも、三つの事件の関連を信じないわけにはいかなかった。川島好子はレインコートを着て、長靴をはき、傘を手にして死んでいたのである。むろん外は雨など気配もない。——違っている事といえば、コートも靴もいたって高級品で、これまでの二人のそれのようにくたびれてはいなかったという点だろう。付け加えると、傘はサンローランだった。

やや成金趣味的な感のある、装飾過多な川島邸の居間に腰を下ろして、私は川島助教授と顔を合わせていた。

夕子は暖炉のそばに立って——大理石のマントルピースである！——私たちの話に耳を傾けている。目の前のテーブルには、極上のシェリー酒のグラスが置かれていて、喉《のど》から手が出そうだが、だめだめ、勤務中だ！　どこからともなく音楽が流れている。オーディオ趣味の現われか、見えない所にスピーカーがいくつも埋め込んであるらしい。

「すっかりご厄介をおかけして」

川島は、母親が死んだわりには、あっさりした顔で、シェリー酒のグラスを取り上げた。

「警部さんもどうぞ。仕事中といっても、一杯ぐらいよろしいでしょう」

傍に坐ってノートを構えている原田がゴクンとつばを飲む音がする。体がでかいと、飲み込むつばの量も違うらしい。

私は、ちょっと迷ってから、

「では、まあ、お言葉に甘えて……」

と手をのばしたが、グラスを取るのは、原田の方が早かった。夕子が笑いをかみ殺している。——かすかに流れるムード音楽とシェリー酒。まるでナイトクラブのムードだ。

「妙に思われるでしょうね、警部さん」

川島がグラスを手の中で揺らしながら、「母が死んだ——それも、あんな妙な殺され方をしたというのに、平気な顔で酒を飲み、音楽をかけているなんて、おかしいとお思いでしょう」

「ご説明を願えますか？」

「母は、忙しい人間でしてね。金が愛情だと信じていました。金をたくさん与えておけば子供は満足するものだ、とね。——悪い母親だったとは思いませんが、子供たちにとっては、どこかのおばさん、といった所でしかなかったんです。仕事、仕事で飛び回り、一日の中に北海道と九州へ出張して帰って来た事もあります。男も顔負けのエネルギッシュな実業家でしたよ。私など、ふざけて母を『社長』と呼んでいたくらいですからね」

「なるほど。後二人のお子さんも、同様ですか？」

「ええ。……いや、むしろ母を嫌っていましたね。弟の孝治《こうじ》はいつも昼まで寝ては夜遅くまで遊んで歩いているし、妹は絵にうつつを抜かしているし……。二人とも、自分が怠け者なのは、母が好き勝手にさせすぎたからだと思っています。——まあ責任転嫁というやつですね。現在の自分に不満なので、それを母のせいにしている、というところです」

川島助教授の分析は実の弟妹にも極めて厳しかった。

「分りました。ところで、今日の事件ですが、大体、お母さんが殺されたのは、六時半頃、現場はご承知の通り玄関です。どこかへ出かけようとした所を、誰かが背後から忍び寄り、居間の壁に掛けてあった古い短剣で背中をひと突き——。ほとんど即死でした。レインコートを着ていたので、犯人が返り血を浴びたとは考えられない。短剣には指紋はありませんでした。まあ、こういった状況です。お母さんがどこへお出かけのつもりだったか、ご存知ありませんか？」

「今日は十一月三日——木曜日ですね。それなら、自分の会社へ行く所ですよ」

「休日にですか？」

「母には休日も何もありませんでしたよ。毎週木曜日は七時半から会社の幹部会議があるんです。まあ、極秘を要する事項とか、そんな話し合いをするようですね。詳しくは知りませんが」

「すると木曜日は必ず六時半にお出かけになっていたわけですね？　それを皆さん、ご承知だった」

「ええ、知っていました」

「甚だ失礼ですが、あなたはその時どこにおいででした？」

「大学から戻ったのが五時半頃ですね。夕食は七時と決まっていますので、二階の部屋でレコードを聞いていました」

要するに、信頼するに足るアリバイはない、という事だ。

「ありがとうございます。次に弟の孝治さんを呼んでいただけますか？」

「分りました」と立ち上がって、「なぜ、あんな格好をしていたのか、分りましたか？」

「いいえ、さっぱりです」

「そうですか……」

いやに考え込んだ川島が出て行くと、原田刑事が、グラスのシェリー酒を飲みほして、

「うまい！　いい酒ですなあ。特級かな？」

「もうやめとけ」

「はあ。ね、宇野さん、今考えたんですが」

「何だ？」

私はあまり期待しないで訊いた。

「雨が降ってないのに、雨の支度をして出かけるってのが、最近の流行なんじゃないですか？　ファッション雑誌でも調べてみましょうか」

――期待しなくてよかった。ドアが開くと、お手伝いらしい、二十歳前後の娘が入って来た。空のグラスを下げて行こうとする。

「君が太田《おおた》弓子《ゆみこ》さんだね？」

私が声をかけると、娘がびっくりした顔で、おどおどと、

「は、はい」と肯く。

「奥さんが死んでるのを見つけたのは君だったね？」

「はい……」

「怖かったろうね」

「とっても！」

「君は何をしに玄関へ行ったの？」

「あ、あの……通りかかったんです。この部屋へ来る途中で……」

「なるほど。で、その時、誰か、家の人の姿を見かけなかった？」

「いいえ、誰も」

「そう。ありがとう、もういいよ」

太田弓子がグラスの盆を手に、出て行こうとすると、ドアが開いて、派手なガウンを着た男が入って来た。一見して、ぐうたら息子といった様子で、やせて不健康な顔色、髪はぼさぼさで、今起きたばかりといった所だ。太田弓子は傍によけて、川島孝治を通したが、その時、伏せた顔が、かすかに赤らむのを、私は見逃さなかった。

川島孝治は母の死にも至って関心がない様子で、自分は今日は午前中に起きて出かけるという大仕事をしたので、三時頃から眠っていたと言った。

「犯人の心当りは？」

「さあね」と肩をすくめて、「誰にしろ感謝したいくらいだな。これで好きに使える遺産が懐に転がり込むんだからね」

私はなぐり飛ばしてやりたい衝動を押えるのに苦労した。

「他にないの？　じゃ、眠らしてもらうよ」

川島孝治がさっさと行ってしまうと、原田が、吐いて捨てるように言った。

「何て奴だ！　あいつですよ、犯人は。絶対に間違いない！」

本当に、私だって犯人を選べるとしたら――変な言い方だが――川島孝治を挙げただろう。

「それはどうかしらね」

夕子がゆっくりソファの方へ歩いて来た。

「三人も殺すほどの努力家とは思えないわ。寝ていて、母親がいつか交通事故に遭って死なないかな、ぐらいは考えるでしょうけどね」

「そうかな。――君は、あのお手伝いの娘があいつを見た目つきに気が付いたかい？」

「女の目を何だと思ってるの」

夕子は当然、といった顔で、「じゃ、あなた、彼女が妊娠しているのに気が付いた？」

私は目を丸くした。

「本当かい？」

「盆を下げようとして、かがんだりする時、無意識にお腹をかばっていたわ」

「あの野郎！　ますます許せん！」

原田が顔を紅潮させていきり立った。

「まあ、落ち着けよ。さて娘の方に会わなきゃ」

「こっちからアトリエへ出向いた方が早いわよ」

「どこだい？」

「二階の奥。案内してあげる」

絨毯を敷きつめた廊下を通り、階段を上がって行くと、奥に、ずいぶん風変りな扉が見えた。近くで見ると壁にドアの絵が描いてあるのだ。何だ、と思って笑うと、夕子がその絵のドアを押した。本物のドアだったのである。

中はかなりの広さ。畳なら二十畳ばかりはあるだろう。ところが、アトリエという奴の常で、いたる所に描き上げた絵が並べてあり、画架が林のように突っ立っていて、足の踏み場もない狭苦しさだ。

「綾子さん！」

夕子が呼ぶと、ゴソゴソ音がして、だぶだぶのスモックを着た娘が顔を出した。服のあちこちに絵具がこびりついていて、顔にもいくつか、カラフルなホクロがあったが、なかなか愛らしい顔立ちの娘である。

「ああ、夕子さん。珍しいじゃない」

「お邪魔かしら？」

「ううん、いいのよ。ちょうどきりがついたとこ」

「大学祭に来ないの？」

「行こうと思ってたんだけど、つい、面倒でね。——誰、あの人たち?」

「私の恋人の警部さんと部下の人」

「ああ……。ママが殺された件ね」

私は咳払いして進み出ると、

「何を描いておいでですか?」

と訊いてみた。

「傑作ですわ」

と、いとも簡潔な返事。

「なるほど……」

描きかけのカンバスを覗いてみて、私はびっくりしてしまった。ダ・ヴィンチの「モナリザ」ではないか。傍には大きな「モナリザ」の複製が広げてあった。

「模写ですか」

「よく見てごらんなさいよ」

と夕子。言われて、よくよく見ると、なるほどモナリザには違いないが、どこか印象が違う。微笑してはいるのだが、その微笑は何だか高利貸の冷笑みたいでいやらしく、冷酷なのである。

「私は名画のパロディを描いてるんですの」

川島綾子が言った。

「ははあ……」

「既成の価値を破壊するのが私の目的です」

なるほど見回してみると、仕上がっている何枚かの絵はみんな見覚えのある絵ばかりだ。そしてどれも少しずつ本物と違う。ゴヤの〈裸のマハ〉がビキニの水着を着ていたり、ホルバインの〈エラスムス像〉が羽ペンの代りにパーカーとおぼしき万年筆を持っている。だが、素人目にも、その技巧は大したものだと察しが付く。「ひねくれてる」と言った、夕子の言葉が何となく分るような気がした。

「ところで、お母さんが亡くなった件について、二、三伺いたいんですが――」

「悲しくはありませんわ」

と綾子はきっぱり言った。「こうして好きな絵を描くだけのお金を出してくれていましたから、感謝してますけど、金持のパトロンみたいなものでした。親とは言えませんでした」

「ふむ……」

私はため息をついて、「事件のあった時、どこにいました?」

「ここです」

他にどこがあるのか、といった口調である。

「大学の、お兄さんの助手の方が二人殺されたのをご存知ですか？」

「ええ」と肯いて、「中野さんはよくここへ来ていました」

「この家へ？」

「このアトリエにです」

「ほんと？」

今度は夕子もびっくりしたようだ。

「何だか、私に熱を上げてたみたいなの」

夕子は目を輝かせた。女というやつはこの手の話が大好きなのだ。

「知らなかったわ。で、あなたの方はどうだったの？」

「馬鹿らしくって！　あんな俗物。——もう死んじゃったんだっけ。あんまり悪く言っちゃ可哀そうね。でも、本当にイライラさせられたわ。ここへ来ると、黙っていつまでも坐ってるんだもの」

「中野さんがねえ……」

と夕子は首を振った。「昨日、この家へ来ることになってたのは、知ってた？」

「いいえ」

つまる所、川島綾子は、三人の死のどれにも、大した関心を持っていないようだった。

私たちはアトリエを出た。

「まあ、決まりきった手順を踏むより仕方なさそうだな。三人兄妹の中で、金に困っていた人間はいないか。交友関係はどうか……」

と私は原田に言った。

「分りました」

川島邸を出ると、もう九時過ぎだった。

「さて、困ったね」

私は夕子と二人で、ぶらぶら歩きながら言った。「あさっての講演だけど、どうする？」

「さっき決めたじゃないの」

私はびっくりして、

「しかし、三番目の事件で、事態がすっかり変って来たじゃないか」

「変るってのは必ずしも悪い事じゃないわ」

夕子は澄まして言った。

「だがね、例の、雨支度の服装にしても、さっぱり理由がつかめないし……」

「そうね。でも……」

「でも？」

私は夕子の顔を見た。「まさか君、何もかも分ってるなんて言い出すんじゃないだろうね！」

「そうは、言わないけど、ちょっと思いついた事があって」

「何だい？」

「まだ言えないわ。はっきり考えもまとまっていないのよ」

「君にしちゃ、謙虚な言い方だね」

「まあ、皮肉言って！」

夕子は笑って歩き出したが、急に妙な顔つきになって、お腹を押えた。

「どうしたんだい？」

私は、さっきのお手伝いの娘の事を思い出して、はっとした。「おい、まさか――で、きてるんじゃないだろうね。僕の――」

「何言ってんのよ！」

夕子が呆れ顔で、「今、何時だと思ってるの？　お腹が空いて気持悪いのよ！」

4

四日は、聞き込みやら何やらで、すっかり潰れてしまった。さしたる戦果もないままに、警視庁へ戻ると、明日の講演の件で打ち合せをするから、大学まで来てくれという夕子からの伝言が待っていた。

夕闇迫るキャンパスへ足を踏み入れた私は、初め、青木助手が死んでいた地下の書庫へと急いだ。なぜか分らないが、夕子がそこで待っているはずなのである。

入口のドアを開けると、

「こっちよ」

と足下から声がする。地下二階への急な階段の下から夕子が笑顔で見上げていた。

「一体何だってこんな所で……」

と訊くと夕子は、

「他にお客が来るのよ」

「客だって？」

「さ、降りて来て。お客さんの来る前に講演内容の打ち合せを済ませましょう」

私は足下に用心しながら階段を降りると、手近なスツールに腰を下ろして、明日話す予定の事件の詳細について説明した。

「――ちょっと刺激が足らないんじゃない？」

夕子が考え込みながら、「そうねえ、凄惨な現場写真のスライドか何か使ってもらえば……」

「おいおい、女子学生だって大勢いるんだろ。みんなが君のように、死体に慣れてるわけじゃないんだぜ」

「そうねえ、男子学生が、失神でもすると困るわね」
と大真面目に言うと、「それじゃ、せめて少し大げさに血を飛び散らすか何かして、話を派手にしてちょうだいよ」

やれやれ、劇画世代とでもいうのか！――実際には、そんなに一面血の海なんて事はめったにないものなのだ……。

「じゃ、そんな所でいいね」

「ちゃんと時間通りに来てよ」

「分ってるよ。すっぽかしたりしたら絶交だろ？」

「それこそ血の海よ」

死んでもらいます、って感じで夕子が言うと、何となく迫力がある。

「まあまあ、そんな殺伐とした話はともかくね、お客って誰なんだい？」

「それは来てのお楽しみ」

「犯人なのかい？」

「そう……。ある意味ではね」

「何だって？」

「ちょっと待って、今説明するわ」

夕子は椅子に坐り直した。

「今回の三つの事件は」と夕子は続けた。「一見、全く同様な事件のように見えるでしょう。特に、三人が三人とも、まるで雨など降りそうもない天気なのに、雨支度を整えて殺されていた点を考えると、同一犯人による連続殺人じゃないかって考えたくなるわ。けれど、実際はどう？　――この三つの事件から、レインコートや長靴や傘を取り除いてみると、それぞれが全然性質の違う犯罪に見えるんじゃない？　第一の青木さんの死については、警察は検死の結果、事故死と判定したし、実際、第二、第三の事件がなかったら、青木さんの死は事故死として片付けられていたでしょう。そして第二の事件。これは明らかに殺人だけど、他の第一、第三の事件と違うのは、戸外で犯行が行なわれ、凶器として手近にあった石が用いられている点。これは計画的犯行というよりは、むしろ突然思い立っての犯行じゃないかと思わせるわ。第三の事件は、凶器として鋭い短剣が使われている所から、冷酷な計画的犯行らしい……」

「よく分らないな。つまり……」

「つまり、この三つの事件はそれぞれ全く別の事件じゃないかって事なのよ」

「それじゃ何か？　君は全部別々の人間の犯行だって言うのかい？」

「その通り。あの雨支度はね、いわばカムフラージュよ」

私は呆気にとられて、

「驚いたな！　連続殺人じゃなくて――不連続殺人ってわけだ」

私はこんがらがった頭を懸命に整理しながら、「しかし、いくらカムフラージュでも、雨支度をしたのは本人たちだよ。それには何か理由があるはずだ！」

シッと夕子が唇に指を当て、静かに、と身ぶりで私を抑えると、視線を階段の上へ走らせる。書庫の入口のドアがそろそろと開く音がして、やがてためらいがちな足音が中へ踏み込んで来た。

夕子は階段の下へ行くと、

「ここです。降りていらっしゃいませんか」

相手は上でためらっている様子だ。夕子が重ねて、

「さあ！　どうぞ！」

と声をかけると、

「私……とても……いやです！　降りられませんわ！」

しぼり出すようなその声は――

「どうして降りられないんですの？　あなたがご主人を突き落としたからでしょう、青木さんの奥さん」

しばし泣きじゃくってから、青木治子はやっと切れ切れに話し始めた。

「こ、殺す気じゃなかったんです。――言い争ってるうちに――手を振り払っただけな

のに——場所が悪くて、あの人は足を滑らし——」

「ええ、分ってますよ。ちゃんと分ってます」

夕子がなだめると、治子未亡人はやっと泣きやんだ。

「——私、もう我慢できなかったんです」

治子は呟くように言った。目はどこか遠くを見つめている。「あの人との結婚生活は、とっても結婚なんて呼べるものじゃありませんでした。新婚早々から一月の半分も大学に泊って来るし、帰って来ても、夫婦の語らい一つあるわけじゃありません。あの人は部屋に山積みしてある本に読み耽《ふけ》って、寝るまでひと言も口をきかない事だってありました。私も、あの人のそんな所に魅《ひ》かれたのは事実です。でもいざ一緒に暮らしてみると——もう、孤独でやり切れなくなったんです。一昨日《おととい》は、私たちの結婚記念日だったので、早く帰って来てくれと頼んでおきました。でも、どうせあの人の事だから忘れてしまってるだろうと、念のために電話を入れると、新しい本が沢山届いたんで、泊って目を通して行くという返事です。私はカッとなって、大学へ駆けつけて来ました。あの人と書庫の入口で出会い、口論になり、そして……」

未亡人は顔を伏せた。

「分りました」

と夕子は優しく肩を叩いて、

「あなたのお話の通りだったと信じますわ。ねえ？」

夕子が私の方へ顔を向けた。私は慌てて、

「ああ――もちろん、信じますよ」

と言った。「まあ、ともかく警察で詳しく事情を話す事です」

「はい、そのつもりでした」

私は原田刑事に電話して、大学までパトカーを回させた。――青木治子を乗せたパトカーが走り去るのを見送ってから、私は夕子とキャンパスの芝生を歩きながら、

「しかし、どうして分ったんだい？」

「それはね……」

その時、「永井君！」と呼ぶ声がした。見れば川島助教授が血相を変えてやって来る。

「先生、ちょうどいい所でしたわ」

「一体どうしたんです、警部さん！」

と川島は私に食いつかんばかりの勢いで、

「青木君の奥さんがパトカーで連行されて行ったと学生から聞いたんですが、本当ですか？」

「残念ながら事実です」

「なぜです？」

「青木君をあの階段から突き落としたと認めましたので」

川島は見る見る青ざめて、

「認めた？——何て事だ！」

と頭を抱えて芝生へ崩れるように坐り込んでしまった。呆気に取られていると、夕子が首を振りながら、

「お気の毒ですけど、先生、あなたが中野さんを殺したのは、無駄になりましたね」

「おい！何の話だ？」

と私は思わず叫んだ。

「そうでしょう、川島先生？先生は青木さんの奥さんを愛してらした……」

「その通りだ……。彼女が学生として僕の研究室へ来た時から……」

「中野さんは、あの日、青木さんの奥さんがここへ来るのを見かけていたんですね。でも青木さんの死は事故だとばかり思っていたし、それに死体を見たショックで、すっかりそんな事は忘れていた。ところが先生は治子さんから真相を聞かされて、黙っていれば事故死ということで済むと治子さんを説得したんでしょう。中野さんは先生に連れられた治子さんが駆けつけて来たのを見て、前に治子さんを見かけていたのを思い出した。——何でもない事かもしれないと思いながら、気になった中野さんは先生に相談しようと電話でその事を話したんですね。何とかして先生は治子さんを守ろうと思いつめた。

そして中野さんを殺そうと決心したんですね」

「その通りだ……」

「中野さんから実際に電話があったのはもっと早い時間だったでしょう。後でもう一度かけるように言って、考え抜いたあげく中野さんを殺す決心をした先生は、ふと思いつきました。中野さんに、青木さんと同じ雨支度をさせて殺せば、当然青木さんと同一犯人の犯行と思われるだろう。でも、青木さんが死んだ時、先生は私たちと一緒にいたのですから、まず疑われる怖れはないわけです。ただそのために、せっかく事故として片付いた青木さんの死が調べ直される事になりますが、治子さんの犯行だと分らなければいいわけですし、治子さんには中野さんを殺す動機は全くなかったのですから、まず疑われることはありません。夜遅く、もう一度中野さんから電話があった時、先生は事件について話したいから来るように言いました」

夕子は一息つくと、

「私が治子さんと先生を疑い始めたのは、中野さんがなぜ雨支度をしていたのか、思い付いたのがきっかけだったんです。雨も降っていないのに雨支度をする。そんな事をする人がいるでしょうか？　私が綾子さんのアトリエで思いついたのは、絵のモデルなら、という事でした」

そうだったのか！　私は肯いた。

「中野さんにモデルになるのを承知させられるのは、誰でしょうか。綾子さんはもちろんですが、彼女に中野さんを殺す動機があるとは思えないし、青木さんの事は、知りもしなかったでしょう。そうなれば、先生しか考えられません。

先生は中野さんに『ところで、綾子が君に絵のモデルになってほしいと言ってるんだがね』と付け加えました。綾子さんに夢中だった中野さんが断るはずはありません。そこで先生は、さらにこう言ったんでしょう。『雨の中を歩いている男の絵なので、レインコートを着て、傘を持って、長靴をはいて来てほしいと言っていたよ』」

私はただ茫然と夕子の話に聞き入っていた。

「中野さんにしてみれば、綾子さんの気まぐれには慣れていますし、青木さんの死と結びつけて考える理由もありません。喜んで、雨も降っていないのに、雨支度をして下宿を出ます。先生はその中野さんを途中で待ち受けて殺したのです。

ところで、先生が中野さんを殺した動機は、と考えてみると、先生に青木さんが殺せなかった以上、殺した人間をかばっている可能性が強くなります。先生がそこまでかばう人、と考えると……」

やっと少し落ち着きを取り戻した川島は苦い微笑を浮かべて、

「全く、僕は犯罪には向いていないんだね。出かけてから、殺そうにも何の道具も持っていないのに気付いたんだ。仕方なくそこらに落ちていた石を拾って使ったんだが……。

ただ、少しでも嫌疑をそらそうと、警部さんへわざと電話を入れたぐらいが、悪知恵かな。学者にしては冴えないがね」

「何てこった!」

私は再びパトカーが走り去るのを見送りながら言った。「それにしても何だね、どうせ分ってたんなら、一度に連行させてほしかったね」

「ぜいたく言わないの。青木さんの奥さんが何もかも認めてしまったというショックを与えたからこそ、川島先生だって犯行を認めたんですもの。だって証拠らしい証拠はなかったじゃない」

「それはそうだ。——でも、こうなると、三番目の母親殺しはどうなるんだい?」

「ちょっと調べてほしい事があるのよ。その件で……」

「何だい、こんな朝っぱらから」

ふくれっ面《つら》の川島孝治が居間へ入って来た。もう昼の十一時だというのに、まだパジャマを着ている。

「お兄さんの事はお気の毒でした」

「ああ……。兄貴が犯人だとはね。母親思いの、良くできた息子だったのに、分らんもんだね」

「話の腰を折るようで申し訳ないですが」

と私は口を挟んで、「お兄さんは、中野助手殺害の容疑者です」

孝治は面食らった様子だったが、すぐに笑って、

「同じ事じゃないか。当然、おふくろを殺したのも兄貴に決まってる」

「それはどうでしょうか……。ところで、あなたは賭け事がお好きなようですな」

「何の話だ？」

孝治の顔がこわばった。

「調べたところによると、競馬や競輪でかなりの額を損していたようですね。お母さんの会社の経理部に学生時代の友人がいたのを幸い、二人で会社の金をごまかしてはギャンブルに回していた」

「嘘だ！」

「三日の毎週定例の会議で、それがバレそうになって、あなたは、追いつめられた。そこでお母さんを殺そうと決心して――」

「嘘だ！　何の証拠があるんだ！」

孝治がむきになって叫んだ。その時、急に激しい雨の音が部屋を満たした。孝治の顔から見る見る血の気がひいて、

「くそっ！」

と叫ぶと居間から飛び出そうとしたが、ドアの外には壁が――いや、原田刑事がたちはだかっていて、ゴムまりのようにはね返されてしまった。

「あれ、何です？」

原田は部屋の中へ入って来ると、「ここだけ雨なんですか？　外はいい天気ですよ」

「これよ」

夕子が居間へ入って来た。レコードのジャケットを手にしている。「さあ、孝治さん、あなたがおととい午前中に出かけて行って買って来たレコードよ。自然効果音のレコードね」

タクシーは大学へ急いでいた。

「そこで気が付いたの。青木さんのいた地下の書庫のすぐ上の教室では、レコード・コンサートの準備が進んでいたでしょ。当然、音の状態を調べるために、かなりの音量でレコードがかけられていたはずよ。音の中でも、特に低音の振動というのは、よく伝わるもので、当然床から地下の書庫へと響いたはずだわ。書庫は地下二階になっていて、音も複雑に反響するから、あまり細かい事に注意を払わない青木さんが、それを聞いて、雨が降り出したと考えても不思議はないと思ったの」

夕子は説明を続けた。「川島孝治が、確かになかなか頭が切れる事は認めなきゃね。

青木さんの奇妙な死について、川島先生から話を聞くと、すぐに真相を察したのね。あの家自体、方々にスピーカーが埋め込まれ、どこからともなく音楽が聞こえるよう工夫してあるので、容易に推察できたんでしょう。彼はそれを利用して、母親を殺し、遺産を手中にしようと思い立ったわけ。そこでレコード屋へ行き、自然の雨の音、雷鳴、川の流れる音などを収録したレコードを買って来ると、母親の出かけるいつもの時間に、それをかけたの。母親はてっきり雨が降っているものと思って雨支度をして玄関へ出る。そこを短剣で突き刺したのよ。母親も窓から外を覗いて見るぐらいの事はしたかもしれないけど、もう外は真っ暗だから、大して疑いもせずに、雨だと思い込んだでしょう。彼は、母親をそういう状況で殺せば、まず間違いなく、前の二つの事件と同一犯人の犯行と思われるだろうし、そうなれば、兄妹三人の中で、大学と全く関係ないのは自分だけなんだから、まず疑われるはずはないと考えていたのね」

「なるほどね……。しかしいやな事件だな」

「ねえ講演時間に、間に合うかしら？　あと三十分しかないわ。運転手にもっとスピード出すように言ってよ」

「しかし速度制限が――」

「あなた刑事でしょ。緊急の場合じゃないの。何とか言いなさいよ！」

夕子は名探偵から一女学生に戻っていた。

話を終えると、どっと拍手が沸き上がった。私は何度も頭を下げて、壇を下りたが、とたんに、若い女子学生たちにワッと取り囲まれてしまった。何と、手に手に手帳やノートを持っていて、「サインして下さい！」と叫んでいるのである。私は面食らってしまった。しかし、

「渋くてカッコいいわ！」

「コロンボより素敵！」

「ねえ、本を出してないんですか」

などと口々に言われると、なかなか悪い気はしない。次々に手帳にサインをしてやっているうちに、次第に頰もゆるみっ放しになって来る。

「まだ独身って本当？」

「だったらお嫁さんにして下さい！」

なんていう子もいて、こっちはヘラヘラ笑っているばかり。――と、突然、私の顔は恐怖に凍りついた。見た事もないような恐ろしいものが見えたのである。

夕子が離れた所から眉を逆立て、眼尻をきっとつり上げて、今にも歯をむき出さんとする女吸血鬼みたいな形相《ぎょうそう》でこっちをにらんでいるのである。――と、急にクルッと背を向けて、さっさと出口へ歩き出した。

「お、おい！　待ってくれよ！　おい！」

私は女の子たちの人垣をかき分けて夕子の後を追っかけた。

やっと追いついたのは、外の芝生の上だった。

「ねえ、待ってくれよ」

「知らないわ！」

夕子はずんずん歩いて行く。私は必死に足を並べて、

「怒らなくたっていいじゃないか。ちょっとサインしてやっただけなんだぜ」

「あら！　自分がどんな顔をしてたと思ってるの？　あのシマラない顔ったら！　――もう見るのもいや！　あっち行って！」

「ま、まあ、そんな事言わないで。何でも好きな物おごってあげるからさ。旅行にだって連れてくよ。だから、機嫌直してくれよ」

「ほんと？」

夕子は足を止めて、窺うように私の顔を見た。私は必死に肯いた。

「じゃ、いいわ。その代り――」

「何？」

「ここでキスして」

「ここで？」

私は学生の溢れている周囲を見回した。

「だって――こんなに大勢――それに、軽犯罪法違反だぜ！」

「あら、そう！　じゃ、さよなら」

「ちょっと――ちょっと待ってくれよ！　分ったよ、分ったよ」

私は思い切って夕子を抱き寄せると、熱烈なキスをした。周囲に歓声が上がり、口笛が鳴り、やがて拍手が起こる。顔が火を吹くようだった。やっとの思いであたりを見回すと、アングリ口を開けている原田の顔が見えた。

――芝生に坐って、しばらく冷たい風に吹かれていると、やっと額の汗がひいて行く。

「綾子さんは気の毒だったな」

私は言った。「一度に母親と兄二人を失っちまった」

「でも、川島先生の方は、同情の余地もあるし、それに彼女、そうへこたれはしないわよ。さっき別れ際に、これからはちゃんと学校へ出て来る事にするって言ってたわ。――きっと今度からまともな名画を描くようになるでしょ。私も何かと力になってあげるわ」

「それがいい。――ねえ、今、思い出したんだけど」

「何を？」

「講演料の代りに、君の家へ連れてってくれるはずだったろ」

「ああ、そうだったわね。でも、さっき、女の子に囲まれて鼻の下を長くしてた罰で、今回は延期」

「冷たいなあ」

「でも旅行にならら付き合ってもいいわよ」

「そうかい？」

私は乗り気になって、「じゃ、暮れにでもどこかへ行こうよ」

「費用は持ってくれるわね」

「うん……まあ、ボーナスがあるから……」

「元気のない声ね」

と笑って、「ヨーロッパへ連れてけとは言わないわよ」

「ご親切に。しかし、ちょっと心配だな」

「何が？」

「君と旅行すると、また何か事件にぶつかりそうな気がしてね」

「そうよ。事件の起きた場所へ出向くんじゃなくて、事件の方が私を求めてくるの。それが名探偵っていうものよ！」

夕子は大見得を切った。

善人村の村祭

1

「国境のトンネルを抜けると、雪国だった」

私は、いかにも小説朗読といった調子で言った。

「〈国境の長いトンネル――〉よ」

と夕子が冷ややかに訂正する。

「そうだったかね」

私はせっかくの文学的雰囲気《ふんいき》をぶち壊されて、しらけたが、ひょいと思いついて、

「ながいなら、ここにいるから省《はぶ》いたのさ」

永井夕子は、くすくす笑って、

「凄い駄洒落《だじゃれ》ね！」

――私のセリフも決して場違いではなかった。というのも、私と夕子の乗った列車は正にトンネルの中にいたからである。ここで口やかましくも言う人がいるかもしれない。

トンネルを通り抜けてる時には、うるさくて、こんな会話など交わしていられないはずだ、と。残念でした。列車はトンネルの中で停っていたのである。

大体、トンネルというものは、出た所が雪国であるか否かにかかわらず、ともかく出なければお話にならないもので、こうして闇の洞窟《どうくつ》にじっと閉ざされているのは、乗客にとってあまりいい気分ではない。駄洒落が出たのも、そんな重苦しさを払いのけようという気持が働いたせいだろう。

列車が停った時、乗客たちは「どうしたどうした」「故障か」「飛込みか」……トンネルの中で飛び込む物好きがいるとは思えないが、ともかく興味の方が先に立って、面白半分ザワザワ騒いでいた。そのうち、それが静まって、妙に間の悪い沈黙が広がり、やがてイライラとあちこちでため息が洩れ、それがしばらく続くと、再び「何だ」「どうした」が始まったのだが、今度はもう本当に不安と焦りが濃い、切迫した雰囲気である。

「何かあったのかしら?」

夕子が暗い窓の外へ目をやった。

「何にせよアナウンスすればいいんだ」

と私は言った。「何も知らされないとみんなかえって不安になる」

そのとたん、打てば響くように車内放送がキンキンと甲高い声音で、この先に崖崩れがあって列車が進めません、と告げた。一瞬シンとなった所へ、誰かが、

「おい！　じゃトンネルに閉じ込められちまったのか！」

と言い出したから、たちまち車内は大騒ぎになってしまった。

「助けてくれ！」

「逃げ出すんだ！　おい、荷物！」

「窒息するぞ！」

こうなるとパニック状態、一歩手前だ。夕子が私の顔を見る。仕方ない。こういう場合は、若い女子大生の魅力より、四十男のドラ声が効果を発揮する。私は座席の上に立つと、

「静かに！」

と叫んだ。自慢じゃないが、これでも警視庁は捜査一課の警部である。前科何十犯のワルも震え上がるドスの効いた声が、さしもの騒ぎをパタッと鎮《しず》めた。

「よくアナウンスを聞くんだ！」

「くり返して申し上げます。このトンネルの先一キロの地点で崖崩れがあり……」

ああ、やれやれ――。ほっと安堵の声が上がって、みんな席に落ち着く。

「ご苦労さん」

夕子が微笑んで、「ちょっと見直しちゃった」

「そうかい？」

と私もまんざらでない。

「顔に似合わず可愛い声出すのね。少年合唱団でボーイソプラノだったの？」

「………」

暮れも押し詰った十二月三十日、正月休みをどこかひなびた温泉で過ごすべく、私は恋人の永井夕子とともに、奥秩父の古ぼけたローカル列車に乗り込んだ。車内は帰省の若者や、湯治の老人たちで満員の盛況。各駅停車ののんびりした旅に、久々の解放感を味わっているところだった。大学卒業を来春に控えた夕子は、卒論も提出して、後は卒業証書をもらうばかり。卒論のテーマに取り上げたのは、〈マザー・グースとアガサ・クリスティの象徴的関連〉だそうで、いかにも彼女にふさわしい。

「温泉に行こうよ」

と言い出したのは夕子の方である。考えてみれば、私たちが初めて顔を合わせたのは、岩湯谷というひなびた温泉町だった。そこの湯治客が、走っている列車から忽然《こつぜん》と姿を消した事件は、〈幽霊列車〉事件と呼ばれて、全国を騒がせたものだが、それを解決したのが、このうら若き女子大生永井夕子だったのである。夕子と四十歳の男やもめの私とは、どういうわけか、気が合って、難事件には良きパートナーとしてぶつかり、休日には恋人として時を過ごして来た。今、卒業を前に、また田舎の温泉で正月休みを過ごすのは、正に名案というべきだったろう。

「――いつになったら動き出すのかしら」

さっぱり動く気配のない列車に、夕子が少々苛立ち始めた時だった。

「宇野警部じゃありませんか！」

若い男の声が頭上から降って来た。体をひねって見上げると、三十歳前の若々しい顔が笑っている。

「何だ、植村《うえむら》君か」

「珍しい所でお会いしますね」

植村は警視庁捜査四課に所属する刑事だ。課が違うので、一緒に仕事をする事はなかったが、前途有望な切れ者だという噂《うわさ》は耳にしていたし、たまに言葉を交わしても、エリートぶらない、謙虚な人の好さが大変に気持のよい青年だった。

「君も旅行かい？」

「帰省ですよ」

「へえ、こっちの方なのか？　初耳だね」

「次の駅で降りるんです」

「おやおや、一歩手前でおあずけって訳だな」

「苛々したってどうなるもんでもないでしょう。……お連れさんですか？」

と夕子に目を止めて訊く。私は夕子の事を何と説明しようか、と一瞬迷った。一課の

連中はみんな夕子の事を良く知っているが、他の課となると話は別だ。上司の本間警視の顔もあるし……。と、夕子が察したのか、

「私、姪の永井夕子です」

と自己紹介した。植村は愛想良く会釈して、

「こんなに素敵な姪御さんがいらっしゃるなんて、それこそ初耳でしたよ、宇野さん」

「そうかい……」

と、曖昧にごまかす。――そこへ再びアナウンスがあった。前方の崖崩れは当分回復の見込みが立たないので、列車は次のN駅まで行って運転を中止するというのである。車内のあちこちに不平の声が上がったが、怒った所で相手が土砂では仕方がない。やがて列車はゆっくりと動き出した。

「参ったな！　ともかく今夜は駅の近くの旅館にでも泊るより仕方ないね。もう八時過ぎだからな」

私は植村に、

「駅前に旅館か何かあるかい？」

「ええ、あるにはありますが……」

と何やら思案している表情だったが、やがて、何か思いついた様子で、

「どうです？　どうせ次で降りるなら、僕の田舎へ来ませんか？」

「だって——近いのかい？」

「すごい山の中でしてね、かなりかかりますが」

「それじゃ明日出て来るのが大変だよ。ありがたいけど……」

「いや、正月休み、ずっと過ごされたらいいじゃありませんか」

「ずっと？　まさか、そんなに図々しくないぞ、いかな一課の人間だって」

「いえ、遠慮には及びませんよ。何しろ、めったにお客なんか来る事がないから、村の連中、大喜びで歓迎しますよ」

「しかし……」

渋る私を植村は熱心に説得した。それでも少しも押し付けがましいところがない。本当に善意で言っているのだという事はよく分った。

「ま、どうせどこかひなびた温泉にでも、と思っていたんだが……」

私は夕子を見た。夕子は楽しげに植村と私のやりとりを眺めていたが、

「私、お言葉に甘えてもいいと思うわ」

と微笑んだ。

「決まった！　宇野さん、いいですね？」

「分ったよ」

私も植村のほとんど子供じみた喜びように、思わず微笑を誘われた。「——で、何と

いう所なんだい？」

「善人村」

「え？」

「善人の集りで、善人村。いや、本当にそういう名前なんですよ」

「楽しそうね。何だかワクワクして来るわ」

夕子は、もう少々はしゃいだ感じである。

「ええ、そりゃもう素朴で、いい連中ばかりですよ。——何しろ、村人同士のいざこざやもめ事なんか、僕の知ってる限り一度もありません。どこかの家で急に金が必要になれば、ワッと村人たちから充分な金が集まりますし、金をもらった方も、それを返す必要がないんです。つまりみんなお互い、困った時に助け合うわけで、それをいちいち返す事はないんです」

「へえ。何だかどこか遠い国のお話みたい」

「おいでになれば分りますよ」

「そんな所で育ったくせに刑事稼業とはどうなってるんだい？」

と私がからかうと、植村は笑って、

「犯罪ってものが珍しいんですよ。——あ、もうすぐ駅だ。用意して下さい」

植村が自分の席へ戻って行くと、私は、

「いいのかい？」

と訊いた。「何も刑事仲間だからって——」

「いいじゃないの。これも旅の楽しみよ」

夕子はボストンバッグを降ろしながら、「それに、その村でなら事件に出くわす事もなさそうだし」

「それはそうだ！」

その時、私はふと誰かの視線を感じて頭をめぐらした。二十四、五歳の、革ジャンパー、長髪の若者がこっちを見ている。目が合うと、急いで窓の方を向いたが、何となくいわくありげである。夕子に低い声で言うと、

「ええ、知ってるわ。私たちと植村さんの話をずっと聞いてたみたいよ」

「へえ」

「特に、善人村って名前が出た時は、はっとした様子だったわ」

「同じ村の人間なのかな？」

「でも帰省するって感じじゃないわ」

それもそうだ。いかにも都会育ちらしいその長髪の若者の顔には、何やら思いつめたような表情が浮かんでいる……。

「——やあ、迎えが来てる！」

駅前に店らしい店さえない、小さな駅の改札口を出ると、植村が声を上げた。私と夕子は足を止め、アングリと口を開けて、目の前にある物を見つめた。――馬車なのだ。中年太りか、腹の出た馬が一頭つながれていて、白い息を鼻から吐き出している。馬車とはいっても荷馬車に近く、四角い荷車みたいなものに、低い木の腰掛がついているだけだ。しかし、いくら山の中だって、馬車とは！

「よお、えれえ遅かったでねえか」

手綱《たづな》を取っている老人が植村に言った。

「耕介《こうすけ》じいさん、元気そうだね」

「当りめえだ」

「この先で崖崩れがあってね、列車が遅れたのさ」

「そうか。汽車なんて不便なもんだなあ」

「父さんは？」

「今、宴会でな。手が離せねえだで、おらが代りに来たんだ」

「そうか。あのね、お客なんだ……」

植村が私と夕子を紹介すると、すり切れた毛皮にくるまったその老人はしわだらけの顔をますますしわくちゃにして、

「そりゃええ！　ぜひ、おいでなせえ！　さ、乗った、乗った！」

と、降りて来て、夕子が乗るのに手を貸してくれる。やがて、馬車は老人の、「それ！」という掛け声とともに、ポックリポックリ蹄《ひづめ》の音をたてながら、凸凹《でこぼこ》道を辿り始めた。

「素敵ねえ！　ナナハンなんかより断然決まってるわ」

と夕子は大喜びである。私は遠ざかって行く駅舎の方へチラリと目をやって、おや、と思った。さっきの長髪の青年が、駅の前に立って、じっと私たちを見送っていたのである。ただ馬車が珍しかったからだろうか。どうも、それだけではなさそうだ、と私の直感が呟いた。

2

馬車は一時間以上も、真暗な山道を辿って登り続けた。何日か前に降った雪が、両側に白い塀のように続く。次第に気温も下がって来て、厚いオーバーを着ていても凍えるような寒さである。

「寒くないですか？」

植村が夕子に訊いた。

「私は平気よ、若いから。でもオジサンはどうかな？」

カチンと来て、

「平気だよ、これしきの寒さ！」

と無理したとたん、派手なクシャミが三発連続した。耕介じいさんと呼ばれた老人が振り返って、

「おや、下の人にゃ寒かろう。こりゃ気が付かねえで……」

と言うと、何と自分の着ている毛皮を脱ぎ始めた。慌てて、

「い、いや、僕は大丈夫……」

「無理するでねえ。おらはこれなどなくったって、ちっとも寒くねえだよ。さ、これを着なせえ」

老人の物をずっと若い私が着るなんて話が逆だ。いらないと頑張ったのだが、

「いいから、いいから」

と耕介じいさんに押し切られてしまって、ついに古ぼけた毛皮に身をくるむはめとなった。いくら土地の人間とはいえ、耕介じいさんはもう見た所六十五、六にはなっていそうで、この寒さ、応《こた》えないはずはないと思えるのだが、それでも平気な顔で毛皮を譲る所が「善人村」の善人たるゆえんなのだろうか。

そうこうするうち、深い木立の奥にやっとちらちら明りが見えて来た。

「さあ、村ですよ」

と植村が言った。数えるほどの家々が本当に、ひっそりと山間に身を寄せ合って、村

というよりは集落といった方がいいほどだ。馬車は村を抜ける、ただ一本の通りをのろのろと進んで、やがて少し大きめな木造の建物の前に停った。

「おめえのおやじさんはこん中だ」

と耕介じいさんが言う。私が毛皮を返して、地面へ飛び降りると、夕子と植村が続いて降りて来た。建物の入口には、〈善人村公民館〉と看板があって、奥からいやに賑《にぎ》やかな笑い声が響いて来る。

「お客かい?」

と植村が耕介じいさんを見た。

「ああ。何か知んねえけど、テレビ局の人間だちゅうて、何日か、三、四人で来とったんじゃ。今日で帰るいうんで、別れの盃《さかずき》だ」

植村に奥へ案内された私たちは、三十畳ほどの広間での宴席へ飛び入りする事になった。

植村の父親は村のいわゆる年寄の一人らしく、もうかなり出来上がった赤ら顔で愛想よく私たちを迎えてくれた。いや愛想よくといえば、席に連なっている二十人ほどの村人たちのうち、誰一人、ぶすっと仏頂面をしている者などなくて、まるで久しく会わなかった親戚か何かのように、急いでしつらえてくれた私たちの席の前に入れ替り立ち替りやって来ては盃を満たし、

「よう来なすった。ぜひ家《うち》にお泊りなせえ」

と熱心に勧めてくれる。これには弱った。まさか全部の家に泊るわけにもいかない。酒を注ぎに来た植村に言うと、植村は笑って、

「村長の家に泊っておけば無難ですよ。僕から父に言っておきましょう」

「よろしく頼むよ」

やれやれ。私は盃を置いて息をついた。

「本当に人なつっこい、というのか、いい人たちね」

夕子がチビリチビリと飲みながら言った。ほんのりと頬が桜色で、なかなか色っぽい。

「やあ、新しい客人ですか！」

一見して都会の人間らしいツイードにタートルネック姿の男がやって来て、私の肩を叩いた。夜だというのにサングラスを掛けて、いかにも芸能関係者といった様子である。

「テレビ局の方なんですか？」

と夕子が訊いた。

「ええ。この村のドキュメンタリーを放送するんでね、撮影に来たんです。三日間いましたが、いやあ、実にいい所ですねえ！　村の人たちの親切なことと来たら……。全く、こんな素朴さが現代に残ってるのが不思議なくらいですなあ。――ま、一杯いきましょうや。いつまでここに？」

「いや、正月休みを過ごそうと思ってましてね」

「そりゃいい！　羨《うらやま》しいなあ。こっちもそうしたいのはやまやまで、村の人もそう勧めてくれるんですが、正月早々仕事が待ってましてね。祭の様子も撮りたいんですが、他の仕事でこれ以上いられないんですよ」

夕子がびっくりして、

「祭？　今頃、祭があるんですか？」

「知らないんですか？　ここはあまり裕福な村とは言えませんからね、やせた畑と狩猟で細々と暮らしてて、年に何度も祭をやる余裕はないってんで、正月の一日に一年一度の村祭をやるんだそうです。どんな祭なのかは知りませんがね」

「そりゃ楽しみだな」

「ま、ゆっくりするんですね」

ちょうどそこへ、白髪の、静かな物腰の老人がやって来た。

「やっ、村長さん、どうも」

テレビ局の男は頭を下げて、「大変お世話になりました」

「いやいや、少しはお役に立てましたかな」

「ええ、おかげさまでいいものが撮れましたよ」

「そりゃよかった。——表に馬車の用意ができています。夜道ですから、あまり急げませんが、今出れば夜中前には町へ着きましょう」

「いやあ、恐縮です。何から何まで。——一応番組の放映日などが決まりしだいお知らせしますよ。それと、もしかしてこの村の全景が必要になりましたら、また、ヘリで空中撮影させていただくかもしれませんので、よろしく」

「そりゃもう構いませんとも。ですが、あまり高い所から撮ると、小さすぎて見えないかもしれませんよ」

と村長は笑った。テレビ局の男が帰り支度に席を外すと、村長は改めて私たちに挨拶した。

「村長の添田《そえだ》です。よくおいで下さった」

「いや、突然お邪魔して……」

「なに、お客人を迎えるのは、私どもの唯一の楽しみでしてな。遠慮などなさらず、大きな気持で、ゆっくりご滞在下さい」

人品卑しからぬ、風格ある村長であった。なまじの国会議員などより、よほど押しだしのよい感じだ。

宴会は、テレビ局のロケ隊三人を送り出してから、十一時過ぎにやっとお開きとなった。私と夕子は、いささか飲み過ぎて足もとが覚つかないまま、添田村長の自宅へ向かった。

ひっそりと寝静まった村の中を行くと、立ち並ぶ家々が、そこここに残った雪明りにほの白く照らし出されていて、まるでおとぎ話の世界のようだ。

「――お正月までいらっしゃるのでしょう？　では祭をご覧いただけますのね。それはようございました」

熱いお茶を淹《い》れながら、絢路《あやじ》夫人が微笑んだ。――もう六十にはなっていると思える添田村長には不つりあいなほど若く、やっと三十七、八というところだろう。色は抜けるほど白く、細面に整った顔立ちの大変な美人である。

「お祭って、何があるんですか？」

夕子が茶をすすりながら訊く。

「いやいや、大したもんじゃありませんよ、お嬢さん」

添田村長が笑いながら、「東京の方がご覧になったら、こんなものが祭かと思われるかもしれません」

「本当ですわ」

夫人も肯いて、「がっかりなさらないとよろしいんですけど……」

「おや、もうそろそろ十二時になる。お疲れでしょう。絢路、お部屋の支度を」

村長の言葉に、夫人はすぐ立って部屋を出て行った。

「二階は全部空部屋でしてな。専《もっぱ》らお客をお迎えするのに使っております。ご遠慮なくどうぞ。何しろ古い家ですからな。ちょっと寒いので、お風邪を召さんように気を付けて……」

本当に、廊下へ出ると冷蔵庫なんか必要ないと思える寒さだった。古い庄屋、といった趣の家屋で、廊下はほの暗く、一部屋がやたらにだだっ広い。夫人に案内されたのは二階の隣り合わせの二間で、それぞれが八畳間。ストーブも何もないのだから、ガタガタするほど寒い。

夕子、私の順に階下の古風な桶風呂につかって体を温めると、冷《さ》めないうちにと早々に布団へもぐり込む。しかし恋人との旅で一人寝とは少々空しいものである。村長の言葉では、二階は全部空部屋だというんだから、隣をちょっと訪問したって悪い事はあるまい。布団を脱け出すと、仕切りの襖《ふすま》をそっと細く開けて覗く。――襖の陰から夕子の顔がヒョイと飛び出して、ギョッとした。

「何だ！　びっくりさせるなよ」

「何してるの？」

「いや……つまり……ちょっと、寒くないかと思ってね。様子を見ようと……」

「へえ」

花柄のいやに可愛らしいパジャマを着た夕子は小馬鹿にした様に、「それにしては飢えた狼みたいな顔してるじゃないの」

「こんなに大人しい狼がいるもんか」

「何とか言っちゃって。——でも本当に寒いわね」

「そうだよ。だから少し暖めてやろうと思って——」

「暖めるなんて、だめよ」

言いながら、夕子は私の部屋へさっさと入って来て、布団の傍に立つと、パジャマを手早く脱いだ。

「熱くしてくれなきゃ……」

体を熱くするには、運動が一番である。それも体をじかに触れ合うような運動が。

——私は日頃の持論を実践すべく、早速協力態勢に入った。

宴席での酔いが、風呂につかって、また残り火を上げて来たようで、いくらか頰の上気した夕子は、旅先という環境のせいもあってか、いつになく色っぽく見える。こちらも四十歳の若さに物を言わせて、大いに張り切って……

「——待って！」

夕子が耳元で鋭く囁《ささや》いた。今まさに、という所だった私は少々むっとして、

「何だい、今は大丈夫な時期だって言ってたじゃないか」

「シッ！　聞こえないの？」

ふっと耳を澄ます。——階段のきしむ音。そして廊下を、静かに誰かがやって来る。

「誰だろう?」

「誰にしたって、叔父と姪がこんな事してちゃうまくないでしょ」

それもそうだ。夕子はパジャマをひっかかえると、裸のまま隣の部屋へ飛び込んだ。

私も慌てて服を着る。着終えると同時に、廊下の障子がすっと開いて、

「もうお寝みでしたか?」

と絢路夫人が寝衣姿で坐っていた。慌てて布団の乱れを直す。

「い、いえ、まだ起きています」

「そうでございますか。お寒いでしょう」

夫人は立入って来て障子を閉めると、「寒くてお寝みになれないのではございませ
ん?」

「いえ、そ、それほどでも……。ちょっとやる事があって、今から寝ようと思っていた
所でして」

「まあ、ちょうどようございましたわ」

私は目をむいた。――絢路夫人が端然と坐ったまま、帯を解き始めたのである。

「あの……何を……してらっしゃるんで?」

「お寒うございますから」

するりと寝衣が肩から落ちて、白く輝くような肌と、豊かな乳房が現われる。「少し

でも暖まっていただこうと……」

立ち上がって、足元に寝衣がふわりと重なると、みごとに成熟した裸身が立っていた。夕子の、若々しく引き締った体とはまた違った、熟《う》れた肉体が、まさに芳香を漂わせるばかりだ。茫然と眺めていた私は、夫人が近付いて来るとやっと我に帰った。

「お、奥さん！　ご主人が下で――目をさまされたら、どうするんです！」

「ご心配には及びません、主人の言いつけで参ったのですから」

言葉を失っているうちに、夫人は布団の中へ入り込んで来た。私は慌てて、布団からピョンと飛び出した。

「待って下さい！　い、いけませんよ！　こんなことは……その……不道徳です！」

我ながらつまらない事を言ったものだ。

「これはこの村の歓迎の気持の示し方なんですから、そんなお気遣いはご無用ですわ。それとも、私ではお気に召しませんか？」

「い、いや、とんでもない！……つまり、その、大変魅力的だと思いますよ、はあ」

「でしたら、どうぞ、おいでになって」

私はふと隣室との仕切りの襖が細く開いて、夕子の片目が覗いているのに気付いた。こいつは、下手な事を言うととんでもない事になるぞ！

温泉旅行の終点が病院のベッドって事にもなりかねない。しかし、何と言えばいいのだろう？　二人の女性に振られた経験はあっても、言い寄られた事は初めてである。それに、心の底に「惜しい」という気持が動いたのも事実だ。絢路夫人の妖艶な魅力はどうにも否定できない。どうすればその魅力を退けられるだろう。絢路夫人の方は私を待ち受けている。

「あ、あのですね、実は……」

その時だった。仕切りの襖がガラリと開いて、夕子が入って来た。

3

「いや、ごちそうさまでした」

朝食を終えて、熱い茶をすする。

「少し村の中を歩かれますか？　といってもアッという間に端から端まで行ってしまいますがね」

と添田村長は笑った。

「はあ。適当に二人でぶらぶら歩きますから。大晦日で、何かとお忙しいでしょう」

——穏やかな朝だった。改めて、何と小さな村だろう、と驚く。道を挟んで、両側に並ぶ家々の裏手は、すぐ林になって、そのまま山へと入ってしまうのだ。

それでも大晦日のせいだろうか。通りには結構忙しそうに村人たちが行き交っている。

その誰もが、私たちとすれ違う時には、にっこりと笑顔になって会釈《えしやく》して行くのには、少々面食らってしまった。

「僕らの来た事は知れ渡ってるんだなあ」

「ちょっとした有名人ね」

と夕子が笑顔で言う。

「――それにしても」

私は息をついて、「昨夜《ゆうべ》の君の寝ぼけた演技は抜群だったよ」

夕子はいたずらっぽく肩をすくめた。全く、夕子が襖を開けて入って来た時は、どうなる事かと顔から血の気がひいたのだったが、夕子はくっつきそうな瞼で、

「叔父さん……寒いから、一緒に寝ていいでしょ」

と、舌足らずな甘え声で言って、絢路夫人が裸で寝ている私の床の中へ、モゾモゾともぐり込んで、たちまち静かな寝息をたて始めたのだ。絢路夫人も、

「まあ……可愛いこと。まだ子供なのね」

と微笑むと、「では、失礼いたしますわ。姫御さんと寝てあげて下さいませ」

と寝衣を着て、部屋を出て行った。ホッとして肩を落とすと、パジャマの夕子がパチッと目を開けたのは言うまでもない。

「だってああでもしなきゃ、あなた、喜んであの奥さんと寝そうだったんですもの」

村の外れへ足を向けながら夕子が言った。

「そ、そんな事あるもんか！」

「あら、分るもんですか。私が襖から覗いてなくて、ぐっすり眠ってたら？　それでも敢然と誘惑を退けた？」

「当り前さ！」

憤然と言ったものの、いささか良心にとがめる所がないわけでもなかった。

「まあ、いいじゃないか。何もなかったんだし、その後はしっくり行ったんだから……」

「ま、勘弁してあげる。昨夜の努力に免じてね」

夕子はそう言って笑った。「でも、歓迎もあれじゃ行き過ぎね」

「全くだ。客がある度に、ああやって奥さんを行かせるのかな」

「エスキモーあたりに、昔、そんな習慣があったとかって聞いたことあるけど……」

「妙な風習だなあ。……あれ、何だろう？」

もう私たちは村の外れへ来ていた。そこは裏山への登り口で、ちょっとした広場になっており、男たちが、何やら材木を組んで綱で縛ったり釘で打ったり、大仕事の最中であった。

「何を作ってるのかしら？」

「さてね……」

それはちょうど野球場を超ミニサイズに縮小したような形で、二メートルばかりの高さの板で囲った、直径十メートルほどの円い土地を、階段状にしたベンチがまわりから見下ろすような格好になっている。

「きっと何かお祭の支度なのね」

「相撲大会でもやるのかなあ」

「――邪魔になっちゃ悪いわ。行きましょ」

私たちは細い山道をぶらぶらと登って行った。点々と白く雪の残る枯れた林の間をしばらく行くと、急に目の前に広々とした眺望が開けた。天然の展望台とでもいった場所で、澄み切った冷たい大気を通して重なり連なる山々の、木の一本一本まで手に取るように見分けられる。

「わあ、凄い崖」

夕子が歩いて行って崖《がけ》っ縁《ぷち》から下を覗き込んだ。私も恐る恐る覗いてみると、足下から、はるか下の岩だらけの渓流まで、たっぷり五十メートル以上の切り立った断崖になっている。足の裏がムズムズして来て、慌てて後へ退がった。近くにあった切株へ腰を下ろす。

「おい、危いぞ。あんまり端へ行くと」

「はいはい」

夕子は戻って来て、並んで坐ると、

「自殺の名所にでもなりそうなとこね」

「しかし自殺なんてないんだろ、〈善人村〉だからな、何しろ」

「それもそうね。――こんな山奥の村で平和に生きるのも一生ね」

「都会の真中で、殺人犯を追っかけ回すのも一生だな。……君は春、大学を出たら、どうするんだい？」

「さあね、分らないわ。何か働かなきゃ……。探偵社でも開こうかな」

「危い真似はやめろよ。気が気じゃない」

「あら、自分はどうなの？」

「警官はそれが仕事だ。――死んだ女房は心配性でね。いつも、危険な仕事をするくらいならクビになって帰って来て、と言ってたよ。その女房の方が、交通事故で死んじまった」

「人間、いつどうなるか分らないわね」

夕子はえらく深刻ぶって言うと、「だから、私、したい事は後回しにせずに、すぐ実行する事にしてるの」

と笑顔になって、「――キスしてよ」

狭い切株の上で窮屈に身を寄せ合いながら、私は夕子を抱いて唇を重ねた。

「——あら！」

夕子が声を上げて身を離した。振り向くと、革ジャンパーを着た長髪の若者が何とも間の悪そうな顔で立っている。あの、列車の中で私たちの話を聞いていた若者であった。

「すいません、邪魔しちゃって」

若者は頭をかきながら謝った。

「別に謝る事ないよ。こっちが軽犯罪法に違反してたんだから」

「あなた方、あの善人村に泊ってるんですね？」

「そうだよ。僕は宇野、こっちは永井夕子」

「こんにちは、東京の人ね？」

「そうです。山上《やまがみ》といいます」

若者は手近な岩に腰を下ろすと、「お二人の邪魔するつもりはなかったんです。——実は一年前、兄がここで死んだもんですから」

「まあ！　善人村で？」

「いえ、文字通りここ——この崖から落ちて死んだんです」

「危険だなあ」

私は首を振って、「柵も何もないんだから」

「ええ。僕も知らせを聞いて駆けつけて来た時、そう思いましたよ。村長の何とかいう人に、柵を設けてくれと頼んだんですがね」

「添田村長かい？」

「そうです、その人です。必ず柵を作ると約束してくれたのに、まだ放ってあるんですね」

「貧しい村だからな……」

「実は僕がまたここへ来たのはそれだけじゃないんです」

「というと？」

「どうも引っかかってる事があって……。もう一度ここへ来れば何かわかるんじゃないかと思ったもんですから」

「どういう事かね？」

山上という若者は、ちょっと間を置いて、

「兄は突き落とされたんじゃないかと思うんです」

私と夕子は思わず顔を見合わせた。山上は続けて、

「何か、列車の中のお話の様子では、警部さんとか……」

「まあ――ね」

「それじゃ、考えてみてもらえませんか？　兄は大変な高所恐怖症でした。二、三メー

トルの高さでも、もう足がすくんじまうんです。その兄がどうしてこんな断崖絶壁に近付いたのか、納得がいかないんですよ」

「なるほど。しかし、それだけに、下を覗き込んだりすると、クラッと目まいに襲われたりする事はあっただろう」

「それはそうです。でも大体、そんな所まで行った事自体、僕には不自然に思えるんです」

夕子が口を挟んだ。

「お兄さんが殺されたと思ったのには、何かわけがあるの？」

「ええ……。実は兄の遺体を引き取って東京へ帰ってみると、兄が死ぬ直前——死んだのはちょうど今年の元旦だったんですが、十二月三十一日付で出した手紙が届いていたんです」

「そこに何か書いてあったわけだね、殺されそうだとか」

「そんな風にはっきりとは書いてありませんでした。——兄があの村に泊る事になったのは、兄がルポライターで、この付近の取材をしていたせいなんですが、何しろ村の人たちの歓迎ぶりにはとても喜んでいましてね、本当に善人村という名前がぴったりする、いい所だと書いてありました」

「それじゃ——」

「ええ、それだけなら僕も気にならないんですが、ただの歓迎にしては、ずいぶんと妙な事が書いてあって……」

「というと？」

「村長の奥さんが、毎晩、兄の相手をしに、兄の床へ入り込んで来る、というんですよ」

私は思わず夕子と顔を見合わせた。

「兄も兄です。そんな無茶な事、断ればいいものを、プレイボーイを自認していましたし、せっかく女の方から来るのを拒《こば》むものじゃない、といってすっかり楽しんでいたらしいんです。すばらしい体をした女だ、とも書いてありました。しかし、村長が自分の奥さんにそんな事までさせるなんて、ちょっと信じられないじゃありませんか」

「それで、どうしたの？」

「僕も夏休みなどを利用して、この地方の風習なんかを調べてみました。でも、客に妻を貸すなんていう習慣はどこにもないんですよ。――そこで、ふっと思ったんです。あんな風に書いてはあったけど、要するに兄と村長の奥さんはいわゆる不倫な関係だったわけでしょう。村長の目を盗んで会っていて、それを村長が何かのきっかけで知ったとしたら……」

「村長が嫉妬《しっと》にかられて、お兄さんをここから突き落とした――」

「その可能性があるんじゃないかと思ったんです」

「確かに考えられない事じゃないね」

と私は肯いた。「しかし、お兄さんの件は事故として処理を終ってるんだろう。今から再捜査させるには、よほど何かはっきりした証拠をつかまないとね」

「分ってます。自分でも確信があるわけじゃなし、難しいとは思うんですが、どうもこの一年ずっとそれが気になって……。ともかくもう一度ここへ来てみようと思ったんですよ」

その時、林の方の小径から、

「宇野さん」

と呼ぶ声がした。植村刑事の声だ。山上青年は慌てて立ち上がると、

「村の人に見られたくないんです。じゃ、失礼します」

と言うなり、別の方の林の中へ駆け込んで行ってしまった。

私と夕子が言葉もなく顔を見合わせていると、植村がやって来た。

「ああ、ここでしたか。姿が見えないんで、捜してたんですよ」

「そりゃ悪かったたな」

「いいえ。――どうです、ここは、いい眺めでしょう？」

と得意げである。

「凄い断崖なのね」

夕子がさり気なく言った。「危くないのかしら? 柵か何かしないでも」

植村がちょっと面食らったような表情になって、

「そうですねえ。そう言われれば……。でも考えもしませんでしたね。今まで一人だってここから落ちた人間なんかいないんですよ」

「植村の言う通りだとすると、一体あの山上って若者は何者なんだろう?」

「嘘をついてるようには見えなかったけど」

「植村が知らないだけのことかもしれないな。前の正月に帰省していなかったら……」

「でも、こんな小さな村で、そんな大事件が起ったら、当然聞かされてるはずじゃないかしら」

「それもそうだ。……あ、ちょっと待ってくれ」

村の通りを歩いていた私は、村でただ一軒の雑貨屋へ入った。

「タバコあるかい?」

「はいはい」

赤ら顔の、でっぷり太った逞《たくま》しいおかみさんが出て来た。

「セブンスター、ある?」

「ありゃ、それは置いてねえだ」

「じゃ他のでいいよ」

「すまねえな、ハイライトでいいかね？」

「ああ、結構だよ」

「すまねえな……」

しきりにすまながって詫びるので、こっちの方がきまり悪くなって、早々に店を出た。

「お待たせ。——何を見てるんだい？」

「え？　ああ……。あの女の子」

「何の事だい」

「ほら、あそこの」

指さす方を見ると、一軒の家の軒下に、一人の若い娘が、うずくまるように坐っている。二十歳になるかどうかといった年頃だろう。やせて、異様なほど蒼白い。

「病人かな？」

「それにしても……。あの目つきは変よ」

のび切った髪が、まるで幽霊のように顔を覆い、その間から覗く大きな目は、じっと虚《うつ》ろに正面を見据えたままで、微動もしない。薄汚れた、浮浪者のような服装といい、どことなく不気味な感じであった。

「――あの娘ですか？　可哀そうな娘でしてな」

昼食の時、添田村長は夕子の質問に答えて、ため息をつきながら言った。

「二年ばかり前、ここから少し山の方へ入った所で山崩れがありまして……。何日も雨が降り続いた後で、地盤がゆるんでおったんですな。あの娘は両親と三人暮しだったのですが、その時、土砂に家が埋って、生き埋めになってしまったのです。村の人間が総出で救助に駆けつけましたが、あの娘が辛うじて助かっただけで、両親は死んでしまいました。そのショックと、生き埋めになっていた怖ろしさとからでしょう、以来、あの娘はずっとあんな風に、昼間は道端に坐り込んで、ぼんやりとしておるんですよ。口もきかんし、誰が何を言っても分らないし……」

「なるほど」

平和な村にも悲劇はあるのだ。

「それはともかく、今夜は大晦日ですから、こんな貧しい村でも、年に一度のぜいたくな食事をすることになっとります。何かお食べになりたいものはありませんかな？」

「いえ、お任せしますよ」

「お客人のご希望があれば、ぜひ叶えてさしあげたいが――」

「いくら東京の人間だからって、こういう所へ来てステーキを食べようとは思いませんよ」

と私は笑って、「何も特別な事をしていただく必要はありません。どうか、心配なさらずに」

「分りました。いや、そう言っていただくと気が楽です」

「あの、さっき村の外れで、何か作ってましたけど、あれは何に使うんですの？」

「あれですか」

添田村長は微笑して、「ちょっとした気晴らしでしてね……。明日になればお分りになりますよ」

では忙しいので、と村長は席を立って行った。絢路夫人がお茶を淹れてくれる。そのお茶をすすりながら、私は、本当にこの物静かな人妻が、ゆうべ私の目の前で裸身をさらした当人なのだろうかと疑った。夫の命令であったとしても、見も知らぬ男に身を任せるのに、何の恥じらいも感じないのだろうか。まして、翌日にはこうして何事もなかったように振舞っている。――はたして添田村長は妻の所行を知っているのか？

4

「今夜？」

「そう。もし、今夜も村長さんの奥さんが、あなたの所に来たら、どうする？」

「そうだなあ……。困るね」

二階の部屋でゴロッと横になって、私は考え込んだ。

「また君の寝ぼけでごまかすさ」

「一緒に寝てみたら？」

「何だって？」

「奥さんと寝てみたらって、言ったのよ」

と平然としている。

「おい！　まさか本気で——」

と思わず起き上がった。

「あら、本気よ」

夕子は窓のへりに腰かけて、「あの女《ひと》、なかなか美人じゃないの。あなただって悪い気はしないでしょ」

「冗談じゃないよ！　君はそれで平気なのか？」

「平気でもないわね。ちょっと嫉けるな。でも引っかき傷の三つもこしらえれば満足するから大丈夫よ」

「一体何のつもりだい？」

「あの奥さんから訊き出すのよ。一年前に死んだ人の事を」

「何だ。じゃそのために僕にそんな真似をさせようってんだな」

私はムクれて、「残念ながら、僕はジェームズ・ボンドじゃないからね、敵と分ってる女スパイとよろしくやって楽しむような神経は持ち合わせてないんだ」

夕子は黙って窓の外を眺めている。

「聞いてるのかい？　僕はごめんだよ。自慢じゃないが、これでも女房と結婚するまでは女に手を触れた事もなかったんだ。君と知り合ってからだって、君以外の女性と寝た事なんかない。僕は――その――貞操堅固なんだ！　君がどう言おうと――」

「ね！　来て！」

「何だい？　色仕掛で言う事をきかそうたって――」

「馬鹿！　早く来るのよ！」

夕子の真剣な口調に、びっくりして飛び起きる。夕子はじっと窓の下を見つめていた。

「何だ？」

「あれを見て」

窓からは、物置や鶏小屋の並んだ裏庭が見渡せる。その裏庭に立って、じっとこの部屋の窓を見上げていたのは、あの道端に坐り込んでいた娘だった。

「さっきの娘じゃないか」

「目を見て！」

なるほど、あの遠くを見ているような、虚ろな目ではなかった。じっと私たちを見上げているのは、何か必死に訴えようとしている真剣そのものの眼差しだった。娘は近くに落ちていた小枝を拾い上げると、地面に大きな文字を描き始めた。そして書き終ると、すぐにそれを足でこすって消してしまい、たちまち逃げるように走り去って行った。

「あれは……何の意味だろ？」

「分らないわ。でも書かれた言葉ははっきり読めたわね」

確かに、その通りだ。娘はこう書いたのだった。——「ころされる、、、」と。

「誰が？　なぜ？」

もう何度も同じ言葉をくり返して、夕子がうんざりしたように肩をすくめた。

「そして、いつ、だ」

と私は付け加えた。

「こうやって坐り込んでたって、何も分りゃしないわよ。何か行動しなきゃ」

「といって、どうするんだ？」

「それが分ってりゃ苦労はないわ」

夕子はため息をついた。「——それにしても、この平和な村で、こんな事件にぶつかるなんてね」

「といったって、まだ何も起ったわけじゃないぜ。あの娘、ちょっとこう、おかしいんだろ？　ありもしない事を想像してるだけかもしれない」

「でもあの真剣な目……。さっき通りでぼんやり坐ってた時とは、まるで違ってたじゃないの。とても、村長さんの言うように、何を聞いても分らないようには見えなかったわ」

「それはそうだな。しかし、そうなると——」

「あの女の子はわざと人の言う事が分らないふりをしてるって事になるわ」

「しかし、一体なぜなんだ？」

答のあるはずもなく、夕子は首を振った。

「何かあるのよ。裏に何かが……」

「どうすればいいのかねえ」

「さっきの山上っていう人の話、あそこに鍵があるのかもしれないわね」

「しかし、植村は何も知らなかったぜ」

「地元の警察で調べられるでしょう」

「それはそうだな。——だけど、急に山を降りて調べに行くっていうのも、変なもんだろう？」

「でも、本当に殺人が起ころうとしているとしたら？」

「うむ……。そんな事も言っていられないか」

「何か理由をつけて行ってらっしゃいよ」

「そうだな。――よし、そうするか。君はどうする?」

「私はあの女の子と何とか話をしてみるようにするわ。二人きりになれば、きっと何か打ち明けてくれるでしょう」

「ともかく下へ行ってみよう。村長が戻っていたら、適当な話をデッチ上げて、町へ行かせてもらおう」

私たちが階下へ降りて行くと、ちょうど添田村長は居間でくつろいでいるところだった。

「いや、どうも忙しくて、お構いもできませんで、申し訳ありません」

「とんでもない」

私は腰を下ろすと、「ところで、実はちょっとお願いが――」

「あ、そうそう」

村長は傍に脱いであったコートのポケットを探ると、〈セブンスター〉を三箱取り出して私の方へよこした。

「お好みの銘柄だそうで」

「はあ……」

手品でも見せられたように、呆気に取られていると、村長は笑顔で、

「いや、雑貨屋のかみさんから、あなたのお好みのものを切らしていたと聞いたものですからな。ちょうど町へ行っている者があったので、電話をかけまして、買って来させたのですわ」

「いや……全く、恐れ入ります」

「なに、お客様にはできるだけの事をするのが、この村のしきたりですからな」

「それにしても、驚きましたね」

「当り前の事をしたまでで。――で、何かお話とか?」

「はあ。――実は、その――」

と言いかけた時だった。

「そ、村長さん! 村長さん、おらっしゃるかね!」

と泡《あわ》を食った声が玄関から飛び込んで来た。

「こっちだよ! 一体何事かね?」

「た、大変だ! 狼《おおかみ》が――あ、こいつは」

と駆け込んで来た村の男は、私たちに気付いて、おどおどと、「どうも、失礼しまして。お客だと知らねえで」

「狼が出るんですか?」

夕子が目を丸くして、「もうとっくに絶滅したんだと思ってましたけど」

「狼なぞ出るわけがない。何を寝言いってるんだ」

村長が叱りつけると、男は頭をかきながら、

「へえ……」

と小さくなっている。

「それで、何があったんだ？」

「それが──旅の人らしいんですが、裏山で──」

「怪我でもしたのか？」

「死んでるんです」

さすがに村長の顔がこわばった。

「すぐ行く。案内しろ」

「へい！」

「私もお供しましょう」

と私は立ち上がった。

「しかし、お客人に──」

「私も刑事です。こういう事には馴れていますから」

「そうでしたな。ではお願いしますか」

表へ出ると、もう知らせは村中に伝わっているようで、男たちは続々と裏山へ向かっていた。女たちも不安げに通りへ出て、ひそひそ囁《ささや》き合っている。私と夕子も村長について、さっき登った山道を辿った。道の途中、道から外れた林の中に、集まっている数人の男たちの姿が見えた。

「あ、村長さん」

「どうだ？」

「ひどいもんだよ。見てくれ」

村長の肩越しに覗き込んだ私と夕子は、息を呑んだ。喉に無残な血まみれの傷口がぱっくりと口を開けた死体は、あの山上青年だったのである。

「偶然かね？　それとも――」

「殺人か。二つに一つね」

「傷口からみると、確かに何か動物にやられたらしいね。刃物の傷ではない」

「でも、あの女の子が『ころされる』と書いた直後に人が死んだのよ。しかも、今年ここでお兄さんが死んで、その事故に疑問を持って調べに来た人が、よ。――偶然というには、ひっかかりがありすぎるわ」

「それはそうだな……」

部屋へ戻った私たちは、すっかり考え込んでしまっていた。私たちがキスしているのを見て照れていた若者が、いま死体になって、馬車に乗せられているのだと思うと、どうにもじっとしていられない気持に駆られる。

「——まあともかく、僕も死体について馬車に乗って行くんだからね、下の警察でよく事情を聞いてくるよ」

「一応死体も解剖した方がいいと思うけど……」

「心得てるよ。任せといてくれ。しかし、村長は無関係のような気がするね」

「どうして?」

「僕が死体と一緒に町へ行きたいと言っても、嫌な顔一つせずに、ぜひお願いします、と言ってほっとしてたようだったぜ。何かやましい所があったら、ああは行かないだろう」

「そうね……」

そこへ、障子の外から、絢路夫人の声がした。

「夕食の支度ができました」

「早いですね」

と、廊下へ出て言うと、

「はい。馬車で町へ行かれると伺いましたので、その前に夕食をと……」

「それはどうも……」

下へ降りて、食卓を見た私たちは目を丸くした。都心のレストランでも余りお目にかかれないような、分厚いステーキが、鉄板の上でジュージュー音を立てている。

「いや、都会の方に、私どもの精進料理はお気の毒ですからな」

添田村長が言った。

「町の肉屋から、一番いい所を取り寄せました。まあ、味付けや焼き具合はお好みに合うかどうか、分りませんがな。どうか召し上がって下さい」

「これはどうも……。そんなお気遣いは——」

「いやいや、これが村のしきたりですからな。ご心配なく」

私と夕子は、もう呆れる他はなく、はしたない、はしたないで、ビーフステーキに取り組んだ。

山上青年の死体を後ろに積んで、馬車が村を出たのは、もうとっぷりと日が暮れてからだった。

「気を付けてね」

「そっちも、危い真似はするなよ」

「分ってるわ。それじゃ、よいお年を！」

そう言えば、大晦日の夜なのである。

馬車の手綱を取るのは、昨日、駅へ迎えに来てくれていた、耕介じいさんである。私も今度は村の人に借りた毛皮を最初から着込んで、御者席にじいさんと並んで腰を下ろした。後には、死体のそばに村の若者が二人乗り込んでいる。

夜道をのそのそと進んで、二十分ばかりたった時、急に馬車がガクンと停った。

「どうしたんだね?」

と私が訊くと、

「どうも車が溝にはまったようだで。――おい! おめえら、降りて押してくれや」

「僕も手伝おう」

私も飛び降りて、馬車の後ろへ回る。「押せばいいんだね? よし」

よいしょ、と力を入れて、馬車を押そうとした時、頭に一撃を食らった。何だ? 一体誰だ? そう思ったのが最後で、そのまま何も分らなくなってしまった。

5

目を開けて、まず見えたのは、満天の星――ではない、目の前をチラチラする光だった。それは現実の光でなく、要するに、目から火花が出るという、あの火花だった。激しい頭の痛みに、思わずうめき声を上げる。

「あ、気が付いたのね」

急に耳もとで聞き慣れた声がして、びっくりして体を起こそうとする。とたんに激しい痛みに、顔をしかめた。

「あ……いて……」

「大丈夫？　すごいコブよ。痛いでしょう」

夕子が心配そうに覗き込んでいる。

「ああ……。ここは……？」

やっと周囲を見回して、自分のいるのが、狭い小屋のようなものの中だと分った。しかし、明りもなく、わずかに板で閉ざされた窓の隙間から洩れて来る光で、夕子の顔がやっと分る程度だ。地面に寝かされていたので、足腰も冷え切って、痛む。

「君はどうしてこんな所へ――」

「あなたを見送って部屋へ戻ったら、とたんに誰かに襲われて――」

「お、襲われた？」

「いきなり頭に布をかぶせられたの。暴れる間もないうちに、お腹をいやっていうほど殴られて、気を失って……気が付いたらここにいて、すぐ横では、あなたがノビてたってわけ。私もついさっき気が付いたばかりなの。あなたの方はどうしたの？」

私は事情を簡単に説明した。もっとも、詳しく説明しようにも、何も分らないのだ。

「畜生！　一体ここはどこなんだろう？」

「よくは分らないけど、たぶん村長さんの家の裏庭じゃないかしら。こんな物置小屋があったもの」

「村長の？　じゃ、奴はやっぱり――」

と言いかけて、「しかし、僕を殴ったのは、耕介ってじいさんか、でなきゃ、一緒にいた村の若い奴に違いないんだが……」

夕子はしばらく押し黙っていたが、やがて考え考え、口を開いた。

「私ね、さっきから考えてたんだけど……」

「それで？」

「何だか分って来たような気がするのよ」

「何が？」

「この村の歓迎の意味が」

「――どういう事だい？」

「ねえ、考えてもごらんなさいよ。どんなにお人善しの村だって、たかがあなたの吸ってるタバコがないからって、わざわざ取り寄せたり、都会人向きにって、ステーキの肉を買ったりするなんて、およそまともじゃないわよ」

「それはそうだ」

「あなたの所に村長さんが奥さんをやったのだって、歓迎というには異常なやり方だわ」

「確かにね」

「何か特別な意味があるのよ、この歓迎ぶりには」

「しかし……さっぱり分らんな」

「思い当らない？　何でもその人の望みを叶えてやる――好きな食物も、タバコも、女も、何でも与えてやる――。そこから、何かを連想しない？」

「どうも――このコブのせいで、頭の血のめぐりが悪くなってね。何の事を言ってるんだい？」

夕子は一寸間を置いて言った。

「死刑囚」

私が口を開きかけた時、表に足音がした。鍵のガチャガチャ鳴る音が聞こえて、小屋の扉が開くと、一人の男が入って来た。

「植村君！　植村君じゃないか！　助かったよ！」

私が飛び上がるように立って歩み寄ろうとすると、植村が言った。

「動かないで下さい、宇野警部」

植村の手には、散弾銃が握られ、銃口は私へピタリと向けられていた。

「何の真似だ！」

「冗談じゃありませんよ。さ、退がって。坐って下さい」

「おい――」

「やめて！　本気よ」

夕子が私の腕を引っ張った。

「そうです、姪御さんの言う通りですよ」

私は悪い夢を見ている思いで、元の場所へ腰を下ろした。植村は開けたままの扉にもたれて、油断なく銃を構えている。外は薄暗く、夜明け前の気配だった。

「声を上げても無駄ですよ。誰も助けには来ません」

「村の連中はどうなってるんだ？」

夕子が代りに答えた。

「村中が共犯者なのよ。そうでしょ？」

私は呆気に取られて夕子の顔を見た。

「どうやら、姪御さんの方が頭がいいようですな」

と植村が微笑した。夕子は続けて、

「正月のお祭のために私たちが必要だったのね。いけにえとして」

「何だって！」

「その通りです。私たちの村にとっては、この年に一度の祭は、何よりも重要な儀式なのです。この祭があるからこそ、この貧しい村は、滅びる事もなく、絶える事もなく、大きな災害にも遭わずに済んでいるのですよ」

「馬鹿げてる！　君はそんな迷信を本気で信じているのか！」

「信じちゃいませんよ、むろんね」

植村はあっさりと言った。「けれど、重要なのは、村の連中がそれを信じてるって事です」

「じゃ何か？——毎年、正月に、ここで誰かがいけにえとして殺されているっていうのか？」

「その通りです」

私は自分の耳を疑った。

「君は——君は警官だぞ！　それなのに、殺人を黙認しているのか！」

「郷に入りては郷に従え、と言いますよ、警部。実際、子供の時から、毎年祭を見て育って来てごらんなさい。それを『殺人』だなどとは、考えもしませんよ」

「だが今は分るだろう？」

「もちろん、法律的にはね」

「それなら、なぜやめさせない！」

「警部。無理はおっしゃらんで下さい」

植村は悲しげにため息をついて、「何十年か、何百年か――ともかく、いつ、どうして始まったのか、誰も知らない祭なんです。僕の一言ぐらいで終らせるのは不可能な話ですよ。――実はね、以前、といっても、つい二年前の話ですが、村の人間で、東京の大学で勉強して来た男が、この祭をやめようと提案した事があったんです。人をいけにえにするのは間違っている。これは単なる迷信なんだ、とね。ともかく熱心に村人一人一人に説いて回ったので、みんなも心を動かされましてね、その年は祭を中止したんです。ところがその夏、この一帯は記録破りの豪雨に見舞われ、崖崩れで村人が十人近くも死にました。みんなは、祭をやめたから、こんな事になったんだと信じました。やめるように言い出した男は、怒り狂った村の連中に崖へ追いつめられ、突き落とされたのです。――それ以来、もう誰も祭をやめようなどと言い出さなくなりましたよ……」

私は言うべき言葉もなかった。

「その男の婚約者だった娘は、恋人が崖から落ちるのを見て、発狂しました。ご存知でしょう。あの道端に坐っていた娘ですよ」

私ははっとした。そうか！　あの娘が「ころされる」と書いたのは、私たち、への警告だったのだ。発狂したふりをして、いけにえの犠牲者に、危険を知らせていたのだ……。

「しかし、そんなに毎年、誰かが死んでいたら、警察が気付くはずだ！」

「いけにえにはできるだけ旅行客を選ぶんです。それに、その死体はかなり月日をおいて発見した事にして町の警察へ届け出ますからね。いつ死んだのかは、正確には分らないし、身元不明のままで終る場合も少なくありません。——あなた方にしても、ここへ来た事は、家族の方など、一人も知らないでしょう？」

言われてみればその通りだ。予約しておいた旅館だって、私たち二人が行かなくとも、ただのキャンセルとして扱うだけだろうし、私たちが行方不明になっても、捜すすべはないに違いない。

「しかし——しかし、変死なら死因を調べるはずだ！」

「調べたところで、ただ野犬に殺されたと思うだけですよ。じつはあれは狼なんですけどね」

「狼だと？」

「もう狼はほとんど死に絶えてしまいましたが、村では祭のために、ずっと林の中の小屋で飼いつづけているんです。昨日死んだ若者は、林の中を歩いてて、狼の小屋を見つけて中を覗き込んでやられてしまったんですよ」

植村は肩をすくめた。「運が悪かったんですね」

その時、一番鶏が鳴いた。植村はチラリと外へ目をやって、

「時間のようです。悪く思わないで下さい。できるだけ、好きな事をさせてあげたつも

りですよ。その誠意は認めてほしいですね」

「何が誠意だ！」

私は吐き捨てるように言った。

「村長の奥さんと寝なかったそうですね」

植村はいやらしい笑みを浮かべて、「惜しい事をしましたね。すばらしい女だって評判なのに」

表に足音がして、逞しい村の若者が二人、戸口に姿を現わした。

「おい、植村！　考え直せ！　今からでも遅くないぞ！」

私は必死に言ったが、植村は黙って首を振ると、二人の男に、

「娘を連れて行け」

と指示した。私は二人の男の前に立ちはだかった。

「待て！　殺すなら、俺だけにしろ！」

「そういうわけには行かないんです、警部。お二人とも死んでいただきますが、やはり若い娘さんを先にした方が、祭が盛り上がります」

「貴様！」

「待って」

と夕子が私を抑えた。「どっちが先でも同じよ。そうでしょ？　私、あなたが死ぬの

を見たくないわ」

「君は……」

　夕子は二人の男に腕を取られて出て行きかけたが、戸口で振り返ると、

「忘れてたわ。ハッピー・ニューイヤー」

と微笑んで見せた。がっしりした男の腕に捉えられて、彼女が出て行ってしまうと、植村が感心した様子で、

「大した度胸だ。死なすにはもったいないですね」

「おい！　一体何をする気なんだ？」

「ご覧になったでしょう？　村の外れに作ってあった、丸い囲いを。――あそこへ彼女を入れましてね、そこに例の狼を放すんです。三日間、えさをやってありません。一撃で喉を食い破るでしょう。ほんの一瞬ですよ、苦しいのは」

「貴様……それでも人間か！」

「何とでもどうぞ」

　その時、小刻みな太鼓の響きが遠く伝わって来た。単調で、どこか無気味な音だ。

「祭の始まる合図ですよ。みんなを呼び集めてるんです」

　やがて太鼓の響きがパタッとやんで、次いでドッというどよめきが聞こえて来た。

「始まったようですね」

私は覚悟を決めた。どうあろうと、夕子を救わねばならない。私は植村へ向かって一歩踏み出した。植村はギクリとして銃を構え直すと、

「近付くな！　撃つぞ！」

「撃つなら撃て！」

私は構わず、じりじりと前へ出た。「貴様にその引金が引けるなら引いてみろ！　俺はな、たとえ二発ともくらったたって死ぬ前に貴様をしめ殺してやるぞ！　――さあ、撃て」

「撃つぞ！　本当に撃つぞ！」

さすがに植村も青くなって、戸口をふさぐように立って、外へ退がり始めた。いつ引金を引くだろう？　万に一つ、引金を引くよりこっちが飛びかかる方が早いかもしれない。今はそれに賭けるしかないのだ。こうしている間にも、狼の牙《きば》が夕子の白い喉をかみ裂いているかもしれない。――よし！

今、まさに飛びかかろうとした時、植村が急に短い叫び声を上げた。目がカッと見開かれ、散弾銃がダラリと銃口を下げると、植村はその場に、崩れるように倒れた。背中に肉切り包丁が深々と突き刺さり、それを見下ろしていたのは、あの狂人を装っていた若い娘だった。

「待ってたわ……この時の来るのを……」

娘は誰に言うともなく、放心したように呟いた。「あの人を突き落としたのは、こいつだった……」

「おい！　大丈夫か？」

私の声に、娘ははっと我に返った様子で、

「早く逃げて！」と叫んだ。

「そうはいかない。彼女を助けなきゃ。村の連中は全部、祭の方へ行ってるんだろう？」

「ええ」

「じゃ君は町の警察へ走ってくれ。できるな？」

「馬車を操れます」

「じゃ頼むぞ！」

私は倒れている植村の手から散弾銃を引ったくると、全速力で駆け出した。

6

無人の村を突っ切ると、あの囲いが見えて来た。村人たちは囲いを見下ろす階段状のベンチに坐って、外へ背を向けている。私は足音を殺しながら近付いた。ベンチの一角が切れて、囲いの中へ入る狭い通路になっている。私は身をかがめて、人一人、やっと通れるその通路へと滑り込んだ。内側へ出るための扉は、外側からカンヌキがかかっている。私はそれを外すと、細く扉を開けて中の様子に目をこらした。

狼が見えた。土佐犬より一回りも二回りも大きい。それが何かの上にかがみ込んで、鋭い牙と爪で食い散らかしている。――遅かったのか！　一瞬、凍りつくような恐怖の思いが背筋を走った。だがよく見ると、それはワラ人形に服を着せたものであった。狼は服や中身のワラをめちゃくちゃに食いちぎっていた。その時村人たちがワッとどよめいたと思うと、囲いの中へ、夕子が投げ出された。夕子は一旦倒れたが、すぐにはね起きて、狼を見た。さすがに顔が真っ青で、囲いにピッタリと体をはりつけるように立ちすくんだ。狼の方も、今度こそ、本物だと気付いたのだろう、人形から離れると、低い唸り声を立てながら、夕子の方へ足を進めた。夕子は立ちすくんだまま観念したように動かない。私は水平二連式散弾銃の撃鉄を起こし、銃床を肩に当てて狼を狙った。走って来たせいで激しく胸が上下し、銃口が揺らいで定まらない。

「かかれ！」

「飛びつけ！」

「早くやれ！」

「殺せ！　食い殺せ！」

村人たちの声が飛び交っている。女の声も、子供の声さえある！　狼は夕子から数メートル手前で一度足を止めると、身を沈めて、飛びかかる態勢になった。息を止め、銃を握りしめる。狼が飛ぶのと、引金を絞るのと、同時だった。激しい反動が肩に食い込む。銃声。硝煙。――狼は横倒しに地面に転がった。頭が半分ほどもふっ飛んでいる。

――一瞬、水を打ったように静まりかえる。私は扉を開け放して叫んだ。

「こっちだ！　早く来い！」

夕子は私に気付いて、駆けて来る。

「早く出るんだ！」

通路を抜け出るのに、五秒とはかからなかったはずだが、それは途方もなく長かった。村の連中は、何が起ったのか、しばらく理解できなかったに違いない。その間、ただザワザワと騒いでいるだけだった。私と夕子が外へ飛び出すと同時に、村人たちが、爆発した。

「殺せ！」

「逃すな！」

怒号の津波が私たちをせきたてるように追って来る。

「走れ！」

私は夕子に叫んだ。二人とも必死に走った。追って来る村人たちの足音がはっきりと耳を打つ。私たちは村の通りを駆け抜けようとしたが、夕子の足がいくら達者でも、鍛

えられた村の若者たちにはかなわない。村を出る前に追いつかれる、と気付いて、夕子の方へ、

「林へ飛び込め！」

と声をかける。家と家の狭い隙間を突っ切って、私たちは深い林の中へと身を躍らせた。


「どこに行っちまいやがった？」

「もう逃げちまったんと違うか？」

「そんなはずはねえ！　この近くにいるんだ。よく捜せ！　必ず、この辺にいる」

聞き憶えのある添田村長の声だ。その他にも、植村の父親の声、雑貨屋のおかみの声、それに絢路夫人の声までが入り混じっている。

「何をぐずぐずしてるの！　早く捜し出すのよ！　去年みたいに崖から突き落としちゃ面白くないわ」

「みんなで叩き殺してやれ！」

こんな声が、しきりと頭上を行き来するのは、あまり気分のいいものではない。私と夕子は、結局あの鋭い崖っ縁に追いつめられて、崖の下、ほんの一メートルほどの所の、狭い凹《へこ》みに身を潜めているのだ。足下はもう何一つ手掛りとてない断崖。絶体絶命を絵

に描いたようなもんだ。

　あれから、どれくらい時間がたったのか、すっかり夜は明けて、頭上には澄んだ青空が広がっている。この世の見納めにはいい眺めだ。

「行きそうもないわね」

　夕子が低い声で言った。できるだけ身を縮めて、ぴったりくっつき合っているので、大きな声を出す必要もないのだ。

「どうもね」

「そのうちきっと見つかるわ」

「そうだな……。あの娘が早く警察を連れて来てくれるといいんだが」

「無理よ。馬車を走らせたって、町まで三十分はかかるでしょう。それに、警察が話をすぐ信用するとは思えないわ」

「悲しい事を言ってくれるな」

「事実は事実よ」

「しかし、そうなると、見つかった時、ここにいちゃ、それこそ万事休すだな。いっそ思い切って飛び出すか」

「で、どうするの？」

「僕が先に出て連中を引きつける。君はその隙を見て逃げればいい」

「どうして?」

「死ぬ気ね。私を助けるために。そんなの、私、いやよ」

「言う事を聞けよ! 君はまだ若いんだぞ。僕は警官だ。こういう時、危い目に遭うように給料をもらってるんだ」

「やめてよ。英雄なんて、あなたに似合わないわ」

「おい!」

「死ぬなら一緒よ。——そうでしょ?」

夕子は至って気軽な口調でそう言った。私は、彼女の笑顔を見つめた。生意気で、負けん気で、頑固で、図々しくて——何て娘だ! 仕方なく私も笑った。

「全く、君といると、どこかの喫茶店にでも入ってるような錯覚に陥るよ」

「私、楽天家なの」

夕子は言わずもがなの事を言った。「こんな善良な人間を天は見放すはずがないって信じてるのよ」

「しっ!」

すぐ上で、誰かの声がした。

「この下にいるのかもしれねえ」

「よし、覗いてみるか」

私と夕子は顔を見合わせた。

「どうやら見放されたらしいわ」

と夕子がため息をつく。「上に行く？　下に行く？」

「下に？」

「上ってって殺されるより、お手々つないで飛び降りちゃった方が楽じゃないかしら」

私はため息をついて、

「――何とか君だけでも助けたかった」

その時、夕子がふと上を見た。

「何の音かしら？」

「何が？」

「あれ。ほら――」

頭上に轟音が近付いて来た。村の連中も何やら騒いでいる。

「ヘリコプターだ！」

轟音はぐんぐん近付いたと思うと、私たちの頭上で動かなくなった。

「一体何だ？」

その時、魔法のように、私たちの目の前に何やらユラユラと下がって来たものがある。

縄ばしごだ！

「しめた！　つかむんだ！」

私は夕子の体を支えて押し出した。腕を一杯にのばして、夕子がやっと縄ばしごに取り付く。

「そこにいたぞ！」

頭上で声がした。私は銃を投げ捨てて、縄ばしごに思い切って飛びついた。とたんにヘリコプターは急上昇し始めた。

生れてこの方、この時ほどのスリルを味わった事はない。これからもそう度々はないだろうと思う。何しろ、ヘリコプターの縄ばしごにぶら下がったまま、森を越え、山を越え、木の頂《いただき》をかすめながら、猛スピードで飛んだのである。二人とも、猛烈な風に堪えながら振り落とされないようにしがみついているのが精一杯。とても、眼下のパノラマに見入るゆとりはなかった。それでも私は比較的落ち着いていたのではないかと思っている。風に振り回されながら、何とも下らない事を考えていたのだ。

――これこそ正に「天の助け」だな、と……。

ヘリコプターは町の上空へ来ると、小学校の校庭へ着陸した。地べたに坐ってぐったりしている私たちの方へ、ヘリから降りて駆け寄って来たのは、善人村へ着いた夜、入れ違いに村を去ったテレビ局の男だった。

「大丈夫ですか？」

「何とかね……。いや、助かりました。もうちょっとで殺されるところだったんです」

「上空から撮影してたんですが、何だか様子がおかしいのに気付きましてね。で、飛んでるうちに、あなた方が、あの崖の所に隠れてるのが見えたもんで、縄ばしごを降ろしたんです。ぶら下がったままで大変だったでしょう。降りる場所がなくってね」

「ぜいたくは言いませんわ」

と夕子はまだ肩で息をしながら、言った。

「でも、お正月に仕事ですの？」

「ウチの部長が、あの村の空中からのショットをどうしても撮れって言い出しましてね。仕方なく飛んだんです」

「まあ！」

夕子は私に言った。「ね、その部長さんのお宅へお年始に行かなくちゃ！」

私が町の小さな旅館へ戻ったのは、もう夜中近かった。夕子は浴衣姿でくつろいでいる。

「どうだった？」

「今、県警も出て来て、二十人ばかり、トラックで村へ向かったよ。いや、納得させるのに大変だった」

「でしょうね」

「あの娘の証言がかなり効いたね。それに僕の身分が確認されてから、すっかり向こうも信用してくれるようになったよ」

「どうするのかしら？　村の人を全部逮捕するの？」

「さてね。まあ、とりあえず村長を連行して、村には警官隊を置いておくんだろうな。しかし、何にしても、前代未聞の事件だよ、村ぐるみの殺人なんて。といっても、去年までの事件は、今さら立証するのが難しいと思うがね」

夕子が言った。

私も浴衣に着替え、ビールで乾杯した。

「――善人村っていう名が悪かったのね」

「え？」

「善意の固まりなんていう人間は、いやしないわ。不自然なのよ。人間は愛したり、憎んだりするものでしょ。あそこでは、みんなが自分の不満や憤りを押し殺して、むりに善人になっていたのね。そのはけ口が、あの年に一度の殺人だったのよ。――あの囲いの中へ投げ出された私を見てた村の人たちの目ったら……もう、ぞっとするほど凄まじい憎しみが溢れてるの。一年間の積り積った憎悪を、いけにえに向ってぶっつけていたのね。だから、いつまでも祭が続いて来たんだと思うわ」

「祭か。——大変な祭だ」

「人間、自分の感情に素直でいるのが一番ね」

「命がけで得た教訓だね、それは」

「ねえ、コブはどう?」

「ああ……。もう大したことないよ」

「それじゃ」

夕子はさっさと立って布団の傍に立つと、浴衣を脱いで全裸になった。

「自分の感情に素直なの、私」

と、布団の中へ滑り込む。私も急いでそれに続く。一度、ともに死ぬ覚悟までしたせいだろうか、いっそう彼女が可愛く思えた。

「ねえ」

夕子が囁いた。

「何だい?」

「今日、私と死んでも後悔しなかった?」

「ああ。——いや、後悔したろうね。何とか君を助けられなかったか、と思ってね」

「優しいのね。大好きよ」

私は裸の彼女を抱きしめた。

「ね、私たち、巧くやって行けそうね」

私はドキッとした。どういう意味だろう！　もしかして……。

「お願いがあるの」

「言ってごらん」

「大学を出たら……私と……」

「う、うん？」

私はゴクリと唾を飲み込んだ。

「探偵社を開業しない？」

と夕子は言った。

あとがき――「幽霊列車」の頃

赤川次郎

「幽霊列車」は僕の処女作である。

もっとも、それは初めて活字になったという意味であって、小説というものを書いたのは、中学三年生のとき。当時熱中していたシャーロック・ホームズものの短編だった。以来、活字になることのない小説を書き続け、高校時代には千枚を越す長編を二つ書いている。

サラリーマン生活に入ってからも、量は多くなかったが、書くことだけは続けていた。その十年目に、「幽霊列車」が新人賞を受けたわけである。

その一年前に、TVのシナリオ公募に入選して放映されたのに味をしめて、「幽霊列車」を書いた前後には、ずいぶんあちこちの賞や公募シナリオに作品を送っていた。「文學界」や「太宰治賞」から、「東芝日曜劇場」まで、幅広く――と言えば聞えはいいが、要するに手当り次第という感じだ。

だが、その中で、推理小説はこの「幽霊列車」だけだった。

十日間で九十三枚の原稿を書き上げ、応募締切当日に発送したが、何しろ他にも応募するものが沢山あって、「幽霊列車」のことは忘れていた。特に第二次選考まで残った、「東芝日曜劇場」のシナリオの方が気がかりで、その発表を今か今かと待っていたのである。結局それが三次選考で落ちて、がっかりした翌日に文藝春秋から「幽霊列車」が新人賞の最終候補に残ったという通知を受けた。

入選すると、この作品は「日本に珍しいユーモア推理」と言われた。当人は、しかし、そんなつもりはまるでなかった。あまり重苦しくてやり切れないものは嫌いだし、かと言って、緻密に組み立てた謎とき小説は、頭の構造上不可能である。

そこで、明るいタッチで読めることを心がけ、トリックを一つ放り込んで、後は軽快なスリラーのつもりで書いたら、というぐらいの気持だった。

主人公の永井夕子というキャラクターには、別にモデルはない。この一年前に放映されたTV映画でも、中年の男と若い娘という組み合せを使っていて、それを持って来た、というわけで、まさかこのコンビの連作がここまで続こうとは思いもしなかった。

それでも応募のときに多少の下心があったのは事実のようで、ちゃんと二作目が書けるような終り方にしてある。入選すると決ってもいないのに図々しい話だ。

僕は推理小説ただ一筋という作家にはとてもなれないけれど、このシリーズは長く続けて行きたいと思っている。

このコンビのものを書いていると、住み慣れた町に帰って来たような、そんな安心感を覚えるのだ。

解説

山前　譲

何事にも〈最初の一歩〉というものがあるでしょう。どの方向に、どのくらいの歩幅で踏み出すのか。その結果はたいてい、すぐには出ないでしょう。後々、最善の一歩だったと思うのか、別の一歩にしておけば良かったと後悔してしまうのか。いずれにしても、その一歩は重要です。

では、二〇一五年にオリジナル著書が五百八十冊を突破した、作家・赤川次郎の〈最初の一歩〉は？　それは、新人賞の受賞でした。ただ、マスコミで大々的に報道されたわけではありません。今から思えばじつに小さな一歩だったのです。しかし、日本のミステリー界にとって、その一歩が偉大な飛躍だったことは言うまでもありません。

本書『幽霊列車』は、赤川さんの〈最初の一歩〉となった「幽霊列車」を表題作にして、一九七八年六月に文藝春秋より刊行された短編集です。『死者の学園祭』、『マリオネットの罠』、『三毛猫ホームズの推理』につづく四番目の著書でした。

永井夕子と宇野警部のコンビによる謎解きの〈最初の一歩〉でもある「幽霊列車」は、一九七六年に第十五回オール讀物推理小説新人賞を受賞した作品です。賞の発表は「オール讀物」の同年九月号でしたが、読者はちょっと、いや、かなり驚いたのではないでしょうか。なんと受賞作が三作もあったからです。他の受賞作は、石井竜生・井原まなみ「アルハンブラの想い出」と岡田義之「四万二千メートルの果てには」でした。最終候補作が七作だった（これもちょっと珍しいことです）その回は、じつにハイレベルの選考だったようです。

選考委員は生島治郎、菊村到、笹沢左保、戸板康二、南條範夫の五氏で、七月二日に選考会が行われていますが、たとえば笹沢氏は、〝とにかく、どの作品も面白かった。これくらいの水準の作品が集まれば、選ぶほうも楽しませてもらえる。特に入選した三作品には、それぞれの個性と新鮮さがある。いかにも新人らしい作品、新しさを感じさせる作品がこれほど揃うことは、ほかの新人賞の選考も含めて、珍しいのではないかと思った〟と選評に記しているほどでした。

その笹沢氏は、「幽霊列車」について、文章の軽妙さや伏線の張り方を評価したあと、〝このまま実力を発揮してくれれば、個性的なユーモア推理小説の旗手が誕生するかもしれない〟と述べています。他の選考委員もユーモア・ミステリーとして高く評価していました。ところが、作者自身はまったく意識していなかったというのですから驚きです。このあたりに赤川作品を分析する〈最初の一歩〉があると言えるでしょう。

さらに驚くことに、当時サラリーマンだった赤川さんが、〝ともかく毎日が同じように過ぎて行く事に堪えられない気持〟（わたしの投稿時代「オール讀物」一九七九・九）に囚われて、シナリオの公募や小説の新人賞に色々応募していたなかで、「幽霊列車」が唯一のミステリーだったというのです。いかに〈最初の一歩〉が大切かという証拠ではないでしょうか。もっとも、シナリオ公募のほうでは『非情のライセンス』や『江戸の旋風』で採用されていたので、あくまでも小説としての第一歩なのですが。

デビュー作「幽霊列車」が名探偵の活躍だったのは、中学三年生の時に初めて書いた小説が、すなわち創作活動の〈最初の一歩〉がシャーロック・ホームズ物を真似た短編だったのですから、自然なことです。

事件の着想は幽霊船として知られる「メアリー・セレスト号」の謎から得ています。一八七二年、スペイン沖を漂流しているところを発見されたその帆船には、誰の姿もありませんでした。食事が食べかけであったりと、船を離れるようなトラブルが起こった痕跡がなかったのですが、いまだその謎は解決されていません。その実際の出来事が、「幽霊列車」では八人の乗客の不可解な消失にアレンジされています。

ちなみに、『幽霊列車』と題された日本映画があります。柳家金語楼、花菱アチャコ、横山エンタツといった喜劇界の大スターたちが出演していますが、殺人犯の逃走劇が絡んだサスペンス劇です。そして、深夜に走るダイヤには載っていない列車が大きな謎となっていました。なにせ幼い頃には一階に映画の試写室がある家に住み、物心ついた頃から映画を観ていた赤川さんです。きっとこの映画が頭の片隅に――。

ただ、映画『幽霊列車』が公開されたのは一九四九年八月です。赤川さんは一九四八年二月二十九日生まれですから、さすがにリアルタイムでは観ていないでしょう。映画との関連で言えば、一九七一年に日本で大ヒットした初々しい恋物語のラストシーンが、「幽霊列車」での乗客消失のトリックのヒントになったのかもしれません。ちなみに、「幽霊列車」は赤川作品の映像化の〈最初の一歩〉です。岡本喜八監督によるテレビ・ドラマは、一九七八年一月十四日に放映されました。

話を元に戻して――新人賞の授賞式は文藝春秋の会議室で行われました。〝私もその後、新人賞の選考などにかかわることが何度かありましたが、あれほど地味な授賞式は以後見たことがありませんね〟（岩波ブックレット『大人なんかこわくない』）とのことです。例年通りの授賞式だったと思うのですが、作家としての〈最初の一歩〉があまり歩幅の広いものではなかったのは確かでしょう。その際、赤川さんは賞金が三等分されるのではないかと心配したそうです。幸いにしてそれは杞憂に終わりました。ただ、『大人なんかこわくない』には賞金が三十万円だったと書かれていますが、正しくは二十万円です。それなら三等分はできないのに、どうして思い違いをしたのか……。

その授賞式に、いわゆる受賞第一作を早くも書き上げて持っていった赤川さんでした。本書で二番目に収録されている「裏切られた誘拐」です。ところが、それが「オール讀物」に掲載されたのは、一年近く経った一九七七年八月号なのです。新人の作品にはなかなか発表の機会が与えられない時代だったのです。これもまた、「幽霊列車」での受賞が小さな一歩だった証拠です。しかしその頃には、編集者は赤川次郎という作家のポテンシャルの高さを実感していました。「凍りついた太陽」が一九七七年十月号に、「ところにより、雨」が一九七八年二月号に、「善人村の村祭」が一九七八年五月号にと発表ペースが早まり、一冊にまとめられたのです。ヴァラエティに富んだ謎解きとともに、二十歳近く年の差のある夕子と宇野の恋愛模様は今でも新鮮です。

そして年末、「週刊文春」でのミステリーのベスト・テン選出において、『幽霊列車』は八位にランクされるのです。ちなみに、その年の第一位は二十五歳で江戸川乱歩賞を受賞した栗本薫『ぼくらの時代』で、トラベル・ミステリーの先駆けとなった西村京太郎『寝台特急《ブルートレイン》殺人事件』もランクインしています。一九七八年、日本のミステリー界には新たな流れが生まれつつありました。

この『幽霊列車』を〈最初の一歩〉として書き継がれてきたシリーズは、二〇一五年刊の『幽霊審査員』で二十五冊を数えるまでになっています（番外編の『知り過ぎた木々』は除く）。本書の途中で三十九歳から四十歳になっている宇野警部が、ずいぶん年寄り扱いされていますが、今も宇野は四十歳。それはちょっと羨ましいところです。永井夕子ももちろん、瑞々しい大学生のままです。さすがにケータイは手にするようになりましたが。

『幽霊列車』の刊行に合わせて、山本容朗「人気作家の現場検証」（「オール讀物」一九七八・五）で赤川さんが取り上げられています。クラシック音楽をヘッドホンで聴きながら、午後十一時から深夜二時まで執筆しているとのことでした。まだサラリーマンだったからですが、ほどなく作家専業となっても、深夜という執筆時間は変わりないようです。もっとも、今やペンが止まるのはすっかり明るくなってからのようですが。そこでピアニストのマウリツィオ・ポリーニが特に気に入っていると紹介されていました。クラシック音楽や海外文学の素養をそこかしこで垣間見せているという意味でも、『幽霊列車』は〈最初の一歩〉と言えるでしょうか。

二〇一六年は赤川さんにとってデビュー四十周年の年です。それは通過点で、さらに多くの作品が読者を愉しませてくれることでしょうが、〈最初の一歩〉が「幽霊列車」であるという事実は不動です。そして、その一歩がじつに大きな意味を持っていたことに気付かされるのが、本書『幽霊列車』なのです。

（推理小説研究家）

単行本　一九七八年六月　文藝春秋刊
本書は一九八一年八月に刊行された文春文庫の新装版です。
DTP制作　ジェイ　エスキューブ

文春文庫

赤川《あかがわ》次郎《じろう》クラシックス
幽《ゆう》霊《れい》列《れつ》車《しゃ》

定価はカバーに表示してあります

2016年1月10日　新装版第1刷
2021年2月25日　第2刷

著　者　赤《あか》川《がわ》次《じ》郎《ろう》

発行者　花田朋子
発行所　株式会社 文藝春秋

東京都千代田区紀尾井町3-23　〒102-8008
TEL 03・3265・1211(代)
文藝春秋ホームページ　http://www.bunshun.co.jp

落丁、乱丁本は、お手数ですが小社製作部宛お送り下さい。送料小社負担でお取替致します。

印刷製本・凸版印刷

Printed in Japan
ISBN978-4-16-790530-9

文春文庫　最新刊